KB196212

명언 필사

명언
필사

고두현 지음

토트

눈으로 읽고

손으로 옮겨 적으면

마음에 새겨진다.

마음을 차분히 하고 에세이를 읽습니다.

에세이 뒤에 골라 놓은 문장을 옮겨 적어 봅니다.

마음을 움직이는 또 다른 문장이 있다면

남은 여백에 적어도 좋습니다.

소리 내어 낭독하면 더욱 깊이 새겨집니다.

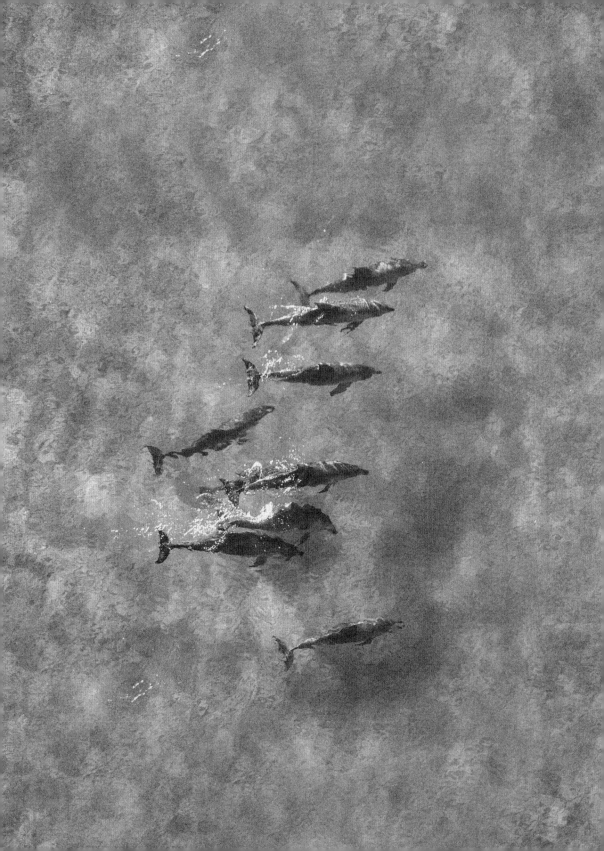

생각 근육을 키워 주는 명언
밤바다 등대 같은 삶의 이정표

독일 막스플랑크연구소가 9명의 실험 참가자들에게 사하라 사막과 넓은 숲 지대에서 몇 시간 동안 한 방향으로 똑바로 걷도록 했다. 그런데 태양이 구름에 가려져 보이지 않거나 사방이 캄캄한 밤에는 참가자들이 방향 감각을 잃고 한 곳을 맴도는 현상이 나타났다. 또 다른 실험에서는 15명에게 눈을 가린 채 걷도록 했더니 모두가 지름 20미터 미만의 커다란 원 안을 맴돌았다.

알프스나 히말라야에서도 이런 일이 자주 일어났다. 폭설로 길을 잃은 한 등반가가 산을 내려오기 위해 13일 동안 하루 12시간씩 걸었지만 끝내 길을 찾지 못했다. 가까스로 구조된 뒤에 봤더니 그는 고작 반경 6킬로미터 안에서 빙빙 돌고 있었다. 이 같은 현상을 환상방황(環狀彷徨) 혹은 윤형방황(輪形彷徨)이라고 부른다. 독일어로 '고리(Ring)'와 '걷기, 방황(Wanderung)'을 합친 '링반데룽'이라고 한다.

이 연구와 관련해서 미국의 인지심리학자 랜디 갤리스텔은 길을 잃고 헤매다 숨진 도보 여행자 대부분이 처음 길을 잃은 곳으로부터 불과 1.6킬로미터 이내 거리에서 발견된다는 사실을 알아냈다. 왜 이런 일이 일어나는 걸까. 연구진은 "뇌의 착각 때문에 직선에 대한 감각이 원에 대한 감각으로 바뀌어 제자리에서 뱅뱅 돌게 된다"고 설명했다.

우리 삶도 마찬가지다. 방향 감각을 잃으면 제자리에서 맴돌게 된다. 제대로 된 이정표가 있어야 올바른 방향으로 나아갈 수 있다. 가뜩이나 복잡한 세상에 삶의 방향을 잃어버리면 계속 방황하게 된다. 어두운 사막이나 폭풍우 치는 바다에서 환상방황에 빠지지 않으려면 밝은 불빛으로 길을 비추는 등대가 필요하다.

인생의 등대 역할을 하는 것이 곧 명언(名言)이다. 명언은 '널리 알려진 말 가운데 사리에 맞는 훌륭한 말'을 일컫는다. 오랜 역사에서 얻은 교훈을 간결하게 표현한 격언(格言)과 삶에 본보기가 될 만한 금언(金言)을 아우르는 말이다. 세상의 가르침과 훈계를 담은 잠언(箴言), 예로부터 민간에 전해져 오는 속담(俗談)도 포함된다. 예나 지금이나 사람 사는 세상과 그 이치는 변함없다.

명언의 앞뒤 맥락을 알고 나면 새로운 세상이 보인다

명언은 대부분 짧고 명료하다. "시간은 돈이다"처럼 금방 의미가 전해진다. 그러나 앞뒤 맥락을 알아야 뜻이 오롯하게 살아나는 명언도 많다. 이 책에 나오는 명언 중 "기회의 신에겐 앞머리밖에 없다"의 예를 보자. '시간과 기회의 신' 카이로스는 앞머리만 무성하고 뒤쪽은 대머리 모양을 하고 있다. 그 이유는 고대 그리스 시인 포세이디포스의 풍자시에 나온다.

"나는 모든 것을 지배하는 시간이다/ (…) / 머리카락은 왜 얼굴 앞에 걸쳐 놓았지? 나를 만나는 사람이 쉽게 붙잡게 하려고 / 그런데 뒷머리는 왜 대머리인가? 내가 지나가고 나면 다시는 붙잡을 수 없도록 하기 위해서지" 기회는 바람같이 사라지기 때문에 한번 놓치면 붙잡을 수 없다는 뜻이다.

철학자 스피노자의 명언 "깊게 파려면 넓게 파라"는 과학적 지식과 직관적 체험을 모두 귀하게 여기라는 가르침을 담고 있다. 어릴 때 우리 어머니가 자주 하던 말 "어느 구름에 비 들었는지 모른다", '가야금 명인' 황병기가 첼리스트 장한나에게 들려준 덕담 "우물을 깊게 파려면 넓게 파라"도 같은 맥락이다. 여기에는 일의 결과를 미리 재단하지 말고, 인생을 폭넓게 보라는 의미까지 담겨 있다.

"한 권의 책은 우리 안의 얼어붙은 바다를 깨는 도끼여야 해"라는 프란츠 카프카의 명언은 얼음보다 차갑고, 쇠망치보다 뜨거운 그의 일생을 깊이 파고 들어야만 이해할 수 있다. 그는 친구 오스카 폴락에게 보낸 편지에서 "우리가 읽는 책이 머리를 주먹으로 내리쳐 깨우지 않는다면, 도대체 무엇 때문에 그 책을 읽어야 할까?"라는 질문을 던진 뒤 이 기막힌 명문장을 남겼다.

모든 이가 아는 명언 "인생은 짧고, 예술은 길다"도 앞뒤 맥락을 알아야 뜻이 통한다. 이는 기원전 400년께 고대 그리스 의학자 히포크라테스가 남긴 말로 본래 뜻은 '우리 인생은 짧은데, 의술을 배우고 익히는 데는 오랜 시간이 걸린다'는 것이다. 그 당시 원문의 단어 테크네(techne, 기술)가 라틴어 아르스(ars)를 거쳐 영어 아트(art, 예술)로 번역되는 과정에서 의미가 많이 달라졌다.

"양손을 주머니에 넣고는 사다리에 오를 수 없다"는 미국 세일즈 거장 엘머 휠러의 명언에는 성공의 사다리에 오르기 위해 온갖 노력을 다한 사람들의 땀과 눈물이 배어 있다. 이처럼 우리 내면의 잠자는 영혼을 깨우는 명언들의 행간에서는 깊은 사색과 성찰의 빛이 뿜어져 나온다. 그 빛을 겸허하게 받아 적는 순간 우리는 새로운 인간으로 거듭난다.

어떻게 쓸 것인가 – 온몸으로 교감하는 '명언 필사'의 묘미

이 책은 우리나라 필사책의 효시로 사랑받는 '손으로 생각하기' 시리즈 가운데 '명언으로 생각 근육을 키우자'는 콘셉트를 갖고 있다. 시리즈 첫 권『마음필사』에서 강조했듯이, 필사란 잊고 있던 나를 새롭게 발견하는 일이다. 어둠 속에서 자신의 얼굴을 더듬는 일, 빛을 향해 고개를 드는 일이기도 하다. 손으로 쓰고 손으로 생각하는 동안 우리 삶이 새로운 지평을 맞이하고, 그 위에서 빛나는 서정과 사색의 나무가 자란다.

필사할 때의 첫 번째 지침은 천천히 쓰는 것이다. 베껴 쓴다는 것은 단순히 글자를 옮겨 적는 것과 다르다. 연필심이나 펜촉이 종이에 글자를 그리는 그 시간의 결을 따라 문장 속에 감춰진 내밀한 의미가 우리 가슴에 전해진다. 행간에 숨은 뜻도 하나씩 드러난다. 여기에서 교감과 공감의 울림이 시작된다.

두 번째는 편안하게 쓰는 것이다. 가장 한가로운 자세로 쓰면 된다. 쉼표가 있으면 그 대목에서 쉬고, 말줄임표가 있으면 그 여백을 그대로 느껴보자. 그러다 보면 마음의 밭이랑 사이로 그리운 얼굴이 떠오르고 아침 샘물에 첫 세수를 하는 것처럼 마음이 맑아질 것이다.

세 번째, 마음에 닿는 단어나 문장만 골라 써도 좋다. 누구에게나 영혼의 밑바닥을 건드리는 글귀가 있다. 어떤 이는 'ㅇ' 'ㅁ' 'ㄴ'을 좋아해서 초등학생의 그림 시간을 흉내 내듯 따라 그린다. 그러다 문득 깨닫는다. 'ㅇ' 'ㅁ' 'ㄴ'의 둥근 음소(音素)가 바로 '어머니'의 음운(音韻)과 같다는 것을.

네 번째, 몸과 마음이 움직이는 대로 쓴다. 은은하게 소리를 내면서 쓰는 글은 우리 몸을 완전한 공명체로 만들어 준다. 아이들에게 문장을 읽어주면 상상력과 자신감, 표현력, 감성이 커지는 것처럼 성인도 기억력과 집중력이 좋아진다.

다섯 번째, 연필이나 만년필로 쓰는 게 좋다. 연필을 깎는 시간부터 마음은 고요하게 설레기 시작한다. 그 질감을 즐기며 한 자 한 자 따라 쓰는 과정 또한 사각사각 재미있다. 어느 날은 손가락에 착 감기는 만년필로도 써 본다. 종이 위에 흐르는 잉크처럼 생각의 물줄기가 따라 흐를지 모른다.

여섯 번째, 매일 조금씩 쓴다. 그 시간만큼은 온전히 나를 위한 사색과 성찰의 시간으로 비워 두는 것이다. 그렇게 시간이 지나면 한층 깊어진 생각의 단층을 발견할 수 있을 것이다. 이 책의 빈 페이지를 하나씩 채워간 사유의 나이테에서 우리 삶의 비밀스런 정원을 만날 수 있다. 그렇게 조금씩 빈 곳을 채우다 보면 스스로 완성한 책 한 권을 갖게 되는 행복까지 누릴 수 있다.

마지막으로, 위대한 인물들의 명언을 필사하면서 나만의 명언을 따로 써 보는 것도 좋다. 비슷하게 흉내를 내거나 전혀 엉뚱한 말을 생각해 내도 상관없다. 그 속에서 내가 걸어온 발자취와 앞으로 나가야 할 이정표를 함께 발견할 수 있을 것이다.

- 고두현

차 례

● 첫 번 째 이 야 기

새 아이디어를 찾으려면 오래된 책을 읽어라

책은 우리 안의 얼어붙은 바다를 깨는 도끼다   26

한 권의 책만 읽은 사람을 조심하라   30

과학은 최신 연구서, 문학은 오래된 책을 택하라   38

철학서는 혼자 읽고 역사서는 함께 읽어라   54

작가의 지혜가 끝나는 곳에서 우리의 지혜가 시작된다   64

● 두 번 째 이 야 기

위대한 인물들은 절대 서두르지 않았다

사진 찍을 때 한쪽 눈을 감는 것은 마음의 눈을 뜨기 위해서다   72

위대한 인물들은 절대 서두르지 않았다   80

기회의 신에겐 앞머리밖에 없다   86

오만은 다른 사람이 나를 사랑할 수 없게 한다   92

좋은 담장이 좋은 이웃을 만든다   96

• 세 번째 이야기

때론 마지막 열쇠가 자물쇠를 연다

닻을 올리고 포구를 떠나라!　　　　　　　　　　106

바람과 파도는 언제나 유능한 뱃사람 편이다　　112

포기 대신 경험 살리고 더 잘할 방법을 찾았다　120

양손을 주머니에 넣고는 사다리에 오를 수 없다　126

때론 마지막 열쇠가 자물쇠를 연다　　　　　　134

사막을 건너는 데는 작은 걸음 수백만 번이 필요하다　140

적을 잡으려면 먼저 왕을 잡아야 한다　　　　150

• 네 번째 이야기

어둠을 불평하기보다 촛불 하나 켜는 게 낫다

인생은 겸손을 배우는 긴 수업 시간이다　　　　158

인생은 짧고, 예술은 길다　　　　　　　　　166

시궁창 속에서도 누군가는 별을 본다　　　　　174

깊게 파려면 넓게 파라　　　　　　　　　　184

다른 집 계단이 얼마나 가파른지 겪어 봐야 안다　192

누구도 한꺼번에 두 켤레의 신발을 신을 수는 없다　196

어둠을 불평하기보다 촛불 하나 켜는 게 낫다　204

새 아이디어를 찾으려면
오래된 책을 읽어라

책은 우리 안의
얼어붙은 바다를 깨는 도끼다

"한 권의 책은 우리 안의 얼어붙은 바다를 깨는 도끼여야 해."

하얗게 빛나는 도끼날처럼 예리하고, 빙판을 깨뜨리는 굉음처럼 강렬하다. 얼음보다 차갑고, 결빙보다 단단하며, 쇠망치보다 뜨겁다. 달군 쇠를 모루 위에서 내리치는 대장장이 같다. 책에 관한 명언 중 이만큼 강한 인상을 주는 게 또 있을까.

이 멋진 문장은 소설가 프란츠 카프카(1883~1924)의 편지 속에 나온다. 그는 21세 때인 1904년, 친구 오스카 폴락에게 보낸 편지에서 "우리가 읽는 책이 머리를 주먹으로 내리쳐 깨우지 않는다면, 도대체 무엇 때문에 그 책을 읽어야 할까?"라는 물음을 던진 뒤 "한 권의 책은 우리 안의 얼어붙은 바다를 깨는 도끼여야 해"라고 답했다.

이런 표현이 나오게 된 배경도 그 속에 드러나 있다. 그는 "2주일 동안이나 신중하게 생각한 끝에 답장을 보낸다"면서 그 이유를 『헤벨의 일기들』을 단숨에 읽어 버렸다"고 밝혔다. 1800쪽에 달하는 그 책을 읽고 '마치 동굴에 갇힌 원시인이 공포에 질려 입구의 돌덩이를 치우려고 온 힘을 끌어 모으는 것처럼' 의식이 고양되고 예민해졌다는 것이다.

헤벨은 독일 극작가이자 시인인 프리드리히 헤벨(1813~1863)을 가리킨다. 그의 일기가 어땠길래 이처럼 강한 자극을 받았을까. 그는 사실주의 희곡을 완성한 근대 연극의 선구자다. 가난한 미장공의 아들로 태어나 독학으로 교양을 쌓고 법학 박사학위까지 땄지만, 우주의 불가해(不可解)에 대한 고민으로 번민하다 몇 차례나 자살을 기도했다.

그는 인간 실존에 관한 고뇌의 흔적들을 22세 때부터 죽기 직전인 50세 때까지 일기에 촘촘히 기록했다. 인생의 비극이 어디에서 발원하는지를 탐구하는 과정에서는 특유의 심리 해부를 섬세하게 묘사했다. 이 덕분에 그가 28년 동안 쓴 일기는 '최상의 문학사적 기념비'이자 '가장 진솔한 삶의 고백'으로 평가받고 있다.

카프카는 헤벨의 일기에서 슬픈 자화상을 발견했다. 그는 외로운 역외자요 낯선 이방인이었다. 체코에서 태어났지만 프라하 시민의 10퍼센트밖에 사용하지 않는 독일어를 썼다. 독일어가 모국어였지만 유대인이었고, 유대인이었지만 유대교 신앙은 없었다. 이런 환경에서 그는 인종적, 언어적, 종교적으로 정체성 혼란을 겪어야 했다.

가정적으로도 힘겨웠다. 권위적인 아버지와 우울증을 앓는 어머니 사이에서 가부장적 폭력과 불안에 시달렸다. 불안과 초조에서 벗어날 구원이 필요했지만 "희망은 충분히, 무한히 많아. 다만 우리를 위한 희망이 아닐 뿐이야"라며 막힌 출구 앞에서 그는 괴로워했다.

폐결핵으로 41세에 삶을 마감하기 전까지 그는 많은 글을 썼다. 그러나 문학적 가치에 회의를 느껴 발표를 주저하곤 했다. 죽기 전에는 여자 친구에게 두꺼운 원고 노트 20권을 불 속에 던져 달라고 부탁했다. 침대에 누워 불타는 원고를 지켜보면서 그는 무슨 생각을 했을까.

평생 친구 막스 브로트에게도 남은 원고를 모두 태워 달라고 유언했다. "막스, 네가 발견한 일기, 원고, 편지, 그림 등 다른 사람 것이든 내 것이든 읽지 말고 전부 태워 줘." 하지만 친구는 부탁을 들어줄 수 없었다. 그 덕에 『성』, 『소송』, 『실종자』 같은 작품들이 살아남았다.

그의 작품들은 사후 '세계의 불확실성과 인간의 불안한 내면을 독창적인 상상력으로 그려낸 역작'이라는 극찬을 받았다. 지금도 카프카의 시대만큼이나 불안하고 초조한 우리 시대의 독자에게 '얼어붙은 바다를 깨는 도끼'처럼 강렬한 울림을 주고 있다.

그가 퇴근 후 밤늦게까지 원고를 쓰던 작은 집이 프라하성 뒤편의 황금소로에 있다. 문틀 위 벽에 22라는 번지가 새겨진 이곳으로 카프카를 기리는 여행객들의 발걸음이 이어지고 있다.

우리가 읽는 책이 머리를 주먹으로 내리쳐 깨우지 않는다면,

도대체 무엇 때문에 그 책을 읽어야 할까?

한 권의 책은 우리 안의 얼어붙은 바다를 깨는 도끼여야 해.

프란츠 카프카

한 권의 책만 읽은 사람을

조심하라

"한 권의 책만 읽은 사람을 조심하라."

스콜라 철학의 대부인 중세 신학자 토마스 아퀴나스(1225~1274)의 명언이다. 그는 늘 "가장 위험한 사람은 단 한 권의 책만 읽은 사람"이라며 독선적 이념의 폐해를 경계했다.

그가 로마 근교 수도원에 있을 때의 일이다. 수도원장이 한 젊은 수도사에게 "맨 처음 만나는 수도사를 데리고 시장을 봐 오라"고 지시했다. 젊은 수도자는 눈에 띄는 한 뚱보를 잡아끌고 시장에 갔다. 걸음이 느린 뚱보에게 퉁을 주며 야단을 쳤다.

이를 본 시장 사람들은 깜짝 놀랐다. "이분이 누구신지 알아요?" "누구긴요. 수도사지." "정말 모른단 말이오? 우리 시대 최고 석학이자 교황의 존경을 받는 토마스 아퀴나스 선생님을?"

그는 당황해서 어쩔 줄 몰랐다. 사람들이 "왜 선생님의 신분을 밝히지 않았습니까"라고 묻자 아퀴나스는 조용히 대답했다. "수도사의 본

분은 순종과 겸양입니다. 저 젊은 수도사와 저는 그 본분을 따랐을 뿐입니다."

또 다른 일화. 아퀴나스가 교황청 발코니에서 교황과 함께 있을 때였다. 세금 수송마차가 돈을 가득 싣고 들어오는 걸 보고 교황이 말했다. "저걸 보시오. 이제 교회가 '은과 금은 내게 없노라'고 말하던 시대는 지나갔소." 그러자 그가 답했다. "예. 하지만 이젠 앉은뱅이에게 '나사렛 예수의 이름으로 일어나 걸으라'고 교회가 말할 수 있던 시대도 지나갔습니다."

둘의 대화는 사도행전의 베드로를 인용한 것이었다. 베드로가 구걸하는 병자에게 "은과 금은 내게 없거니와 내게 있는 것으로 네게 주노니 곧 나사렛 예수 그리스도의 이름으로 걸으라"며 그를 일으켜 세운 이야기였다.

아퀴나스는 이처럼 겸손하면서도 할 말은 하는 사람이었다. 그가 쓴 100권 분량의 방대한 저서 『신학대전』도 신학과 철학, 신앙과 이성의 조화를 추구한 균형점에서 나왔다. 이는 진리 앞에서 어느 한쪽에 치우치지 않는 자세를 잘 보여준다.

그의 가르침처럼 '한 권의 책만' 읽은 사람은 아집과 오만, 편견의 늪에 빠지게 된다. 세상을 흑백으로 나누면 확증편향에 갇힌다. 비뚤어진 신념은 불행을 초래한다. 소설 『독일인의 사랑』을 쓴 철학자 막스 뮐러가 "하나만 아는 자는 아무것도 알지 못하는 자"라고 한 것과 같다.

애플을 창업한 스티브 잡스가 '디지털 신화'를 일군 것은 다양한 분야의 지식과 정보를 아우르며 '인문과 기술의 교차로'에서 새로운 영감을 얻은 덕분이었다. 잡스가 2005년 미국 스탠퍼드대 졸업식에서 한 연설 문구 "계속 갈망하고 우직하게 나아가라!"는 『지구백과 The Whole Earth Catalog』의 마지막 페이지에 새겨진 말이었다. 그는 이 책을 탐독하며 문명과 기술의 미래를 내다보는 '사고 훈련'을 통해 인류사의 물줄기를 바꿨다.

잡스뿐 아니라 많은 유명인이 "한 분야에서 실패했다고 기죽지 말고, 폭넓은 시야를 갖고 도전하라"고 권했다. 『해리 포터』의 작가 조앤 롤링은 "두려웠던 실패가 현실이 되면서 오히려 자유로워졌다"며 "나는 살아 있었고, 낡은 타자기와 엄청난 아이디어가 있었기 때문"이라고 했다.

윈스턴 처칠 전 영국 총리도 "포기하지 말라. 절대로, 절대로 포기하지 말라"고 했다. 칠삭둥이 조산아로 태어났지만 언어장애와 유급, 낙선의 아픔을 딛고 좌우를 통합하며 사회 시스템을 개선하고 '위대한 영국'을 만든 힘이 여기서 나왔다. 그는 정치적 혼란기일수록 대립과 편향을 극복하는 것이 얼마나 중요한지도 일깨웠다.

졸업과 함께 사회에 첫발을 내딛는 젊은이들에게는 더욱 그렇다. 세상을 제대로 보기 위해서는 두 눈이 필요하고, 미지의 세계로 날기 위해서는 두 날개가 필요하다. 균형과 조화, 성찰과 지혜, 열정과 성숙의 과정을 거쳐야 한다. 토마스 아퀴나스의 겸양과 지성, 균형과 조화의 의미를 다시 새겨볼 때다.

한 권의 책만 읽은 사람을 조심하라.

토마스 아퀴나스

하나만 아는 자는 아무것도 알지 못하는 자다.

막스 뮐러

두려웠던 실패가 현실이 되면서 오히려 자유로워졌다.

나는 살아 있었고, 낡은 타자기와 엄청난 아이디어가 있었기 때문이다.

조앤 롤링

포기하지 말라. 절대로, 절대로 포기하지 말라.

윈스턴 처칠

과학은 최신 연구서,
문학은 오래된 책을 택하라

"과학에서는 최신의 연구서를 읽고, 문학에서는 가장 오래된 책을 읽어라!"

장편 역사소설 『폼페이 최후의 날』을 쓴 에드워드 불워 리튼 (1803~1873)이 한 말이다. 최신 정보가 필요한 경우와 오랜 성찰의 지혜가 필요한 경우에는 읽는 책도 달라야 한다는 얘기다. 오래된 고전 명작에서 새로운 아이디어를 얻을 수 있다는 얘기이기도 하다.

그러고 보니 고전이야말로 인문정신과 과학기술의 접점에서 꽃을 피우는 '창의의 뿌리'다. 내가 누구이며 어디에서 와서 어디로 가는지를 생각하게 해주는 길잡이가 곧 고전이다. 인류 문명의 빛나는 원석들을 한군데 모아 새로운 아이디어를 번뜩이게 하는 부싯돌 역할까지 한다.

고전 다시 읽기에 나선 사람의 얘기를 들어보자. 미국 저술가 데이비드 덴비는 대학 입학 30년 만인 1991년 모교인 컬럼비아대학 후배들 틈에 끼여 '인문학'과 '현대문명' 두 강좌를 청강하며 고전을 다시 꺼내 들었다. 나이 50을 앞두고 고전의 황홀경에 빠진 그는 호메로스의 『일리아드』를 새로 읽은 소감을 이렇게 밝혔다.

"대기에 충만한 야만적 활력, 장대한 전함, 바람과 불길, 맹렬한 전투, 겁에 질린 말들로 가득 찬 평원. 땅바닥에 엎어져 죽은 전사들, 산산조각 난 고향과 가족, 초원, 평화의 제의에 대한 염원, 이 모든 것을 거친 뒤 마침내 화해의 순간이 도래한다."

그는 전쟁터의 참상을 끔찍하게 묘사한 야만성과 여성을 물건처럼 다루며 자존심만 앞세우는 그리스인의 모습에 경악하다가 점차 그것이 문화적 이질성에서 비롯된 시각차라는 것을 이해한다.

그러면서 우리가 당연하다고 생각하는 현대 윤리의 현주소와 우리 자신을 거울에 비추어 보게 된다. 셰익스피어의 『리어왕』을 읽으면서는 억센 성격의 사업가였던 어머니가 자식들의 사랑에 집착한 이유를 뒤늦게 알고 뼈저린 회한에 잠기기도 한다.

이렇듯 고전은 우리의 현재를 끊임없이 돌아보게 하는 반사경이다. 먼 우주의 별을 올려다보는 망원경이자 우리 발밑을 내려다보는 현미경이기도 하다. 헤로도토스는 『역사』에서 '번영-오만-미망-징벌'의 수렁에 빠지고 마는 수많은 개인과 국가들의 이야기를 들려준다.

동양 고전도 마찬가지다. 한비자는 "사람이 일하거나 베풀 때 상대에게 이익을 준다는 마음으로 하면 아무리 소원한 사람과도 잘 지낼 수 있고 상대에게 손해를 입힌다는 마음으로 하면 부자 관계라도 원한을 맺게 된다"는 삶의 이치를 일깨워 준다.

손자는 "무릇 전쟁은 명분이 가장 먼저이고 싸움에서 이기는 기술은 그다음"이라고 했다. 두 차례의 이라크 전쟁을 승리로 이끈 토미 프랭크스 미군 대장을 비롯해 많은 지휘관과 글로벌 경영자들이 손자의 고전 병법에서 리더십의 비결을 배운다.

지금 우리에게 필요한 책은 생각을 가장 많이 하게 해주는 책이다. 매일 15분이나 30분씩 시간을 내 고전을 읽고 사색하면 연말쯤 자기도 모르는 변화를 느낄지 모른다. 일본 국민 작가 나쓰메 소세키의 『나는 고양이로소이다』를 펼쳤다가 마지막 부분에서 '무사태평으로 보이는 사람들도 마음속 깊은 곳을 두드려보면 어딘가 슬픈 소리가 난다'는 구절을 만나면 한동안 마음이 먹먹해질 것이다.

고전은 천천히 읽으면서 오래 음미하는 게 좋다. 코끼리 심장 박동과 혈액 순환 사이클이 생쥐보다 18배나 길 듯이, 생각의 리듬이 다르면 세계관과 가치관이 달라진다. 천천히 읽고 그 감동을 글로 남기면 더욱 좋다. 그게 바로 우리 삶의 자서전이다. 미래 세대에게는 이것이 새로운 고전으로 읽힐 것이다.

영국 낭만파 시인 조지 고든 바이런(1788~1824)은 한쪽 다리를 절었지만 글재주가 탁월했다. 생각이나 표현법도 남달랐다. 케임브리지대학 3학년 때, 신학 시험에 '예수께서 물을 포도주로 만든 기적이 상징하는 종교적, 영적 의미를 서술하라'는 문제가 나왔는데 오래 생각하다가 '물이 그 주인을 만나니 얼굴이 붉어지더라'는 명답을 써서 최고

점을 받았다.

바이런의 딸 에이다 러브레이스는 문학적 감수성에 수학적 재능까지 겸비했다. 찰스 배비지가 설계한 초기 컴퓨터 '해석기관(Analytical engine)'을 연구하던 그녀는 가설과 계산만으로 '베르누이 수'를 구하는 알고리즘을 완성해 세계 최초의 컴퓨터 프로그래머가 됐다. 그로부터 한 세기 이상 지난 1979년에는 그녀의 이름을 딴 ADA프로그래밍 언어가 탄생했다.

그녀는 남다른 감성과 뛰어난 글쓰기로 인문학과 과학을 넘나들며 '숫자의 마술사' '시적인 과학자'로 이름을 날렸다. 훗날 스티브 잡스가 "소크라테스와 점심을 같이할 수 있다면 우리 회사의 모든 기술을 그의 철학과 바꾸겠다. 애플은 인문학과 기술의 교차점에 있기 때문"이라고 말한 것과 상통한다. 빌 게이츠도 "인문 고전이 없었다면 마이크로소프트는 없었다"고 했다.

바이런의 딸 에이다는 컴퓨터가 생기기도 전에 그 속에 들어갈 소프트웨어를 개발했다. 시인의 딸은 형체도 없는 '해석기관'이 숫자 계산을 넘어 작곡이나 그림 그리기 등 창작에도 활용될 수 있다는 것을 내다봤다. 현대 인공지능(AI)의 가능성을 예견한 것이다. 19세기에 벌써 컴퓨터 프로그래밍의 세계를 홀로 개척한 '시적인 과학자'의 혜안이 놀랍다.

책을 읽을 때는 뇌파 반응이 활발해진다. 동물에게 새로운 자극이나 상황을 제공하면 각성 반응이 나타나는 것과 같다. 개의 조건반사

연구로 유명한 이반 파블로프도 "새 아이디어를 찾으려면 오래된 책을 읽으라"고 했다. 지금부터라도 아이디어가 떠오르지 않을 땐 서가에 꽂힌 고전부터 찾아 펼치자.

과학에서는 최신의 연구서를 읽고,

문학에서는 가장 오래된 책을 읽어라!

에드워드 불워 리튼

대기에 충만한 야만적 활력, 장대한 전함, 바람과 불길, 맹렬한 전투,

겁에 질린 말들로 가득 찬 평원. 땅바닥에 엎어져 죽은 전사들,

산산조각 난 고향과 가족, 초원, 평화의 제의에 대한 염원,

이 모든 것을 거친 뒤 마침내 화해의 순간이 도래한다.

데이비드 덴비

고전은 우리의 현재를 끊임없이 돌아보게 하는 반사경이다.

먼 우주의 별을 올려다보는 망원경이자

우리 발밑을 내려다보는 현미경이기도 하다.

고두현

사람이 일하거나 베풀 때 상대에게 이익을 준다는 마음으로 하면

아무리 소원한 사람과도 잘 지낼 수 있고 상대에게

손해를 입힌다는 마음으로 하면 부자 관계라도 원한을 맺게 된다.

한비자

무릇 전쟁은 명분이 가장 먼저이고 싸움에서 이기는 기술은 그다음이다.

손자

고전은 천천히 읽으면서 오래 음미하는 게 좋다.

코끼리 심장 박동과 혈액 순환 사이클이 생쥐보다 18배나 길 듯이,

생각의 리듬이 다르면 세계관과 가치관이 달라진다.

천천히 읽고 그 감동을 글로 남기면 더욱 좋다.

그게 바로 우리 삶의 자서전이다.

미래 세대에게는 이것이 새로운 고전으로 읽힐 것이다.

고두현

소크라테스와 점심을 같이할 수 있다면

우리 회사의 모든 기술을 그의 철학과 바꾸겠다.

애플은 인문학과 기술의 교차점에 있기 때문이다.

스티브 잡스

인문 고전이 없었다면 마이크로소프트는 없었다.

빌 게이츠

새 아이디어를 찾으려면 오래된 책을 읽어라.

이반 파블로프

철학서는 혼자 읽고

역사서는 함께 읽어라

독서 모임을 준비할 때마다 고민이 앞선다. 이맘때 읽기에 알맞은 책은 뭘까. 계절별로 읽기 좋은 책이 따로 있기는 할까. 굳이 함께 모여서 읽을 필요가 있을까….

약 330년 전 청나라 장조(張潮, 1650~?)의 소품 잠언집 『유몽영 幽夢影』에서 몇 가지 답을 발견했다. 장조가 첫머리에 제시한 지침부터 흥미롭다.

"경서(經書)를 읽기에는 겨울이 좋으니, 정신을 집중할 수 있기 때문이다. 사서(史書)를 읽기에는 여름이 좋으니, 날이 길기 때문이다. 제자서(諸子書)는 가을에 읽기 좋다. 운치가 남다르기 때문이다. 문집(文集)은 봄이 더 좋다. 기운이 화창하기 때문이다."

다음 제언도 눈길을 끈다. 혼자 읽느냐 함께 읽느냐에 관한 얘기다. "(사서삼경 같은) 경전은 혼자 읽어야 좋고, (역사책인) 『사기(史記)』와 『통감(通鑑)』은 벗과 함께 읽는 게 좋다." 성현의 저술은 조용한 방 안에 홀로 앉아 정독하며 사색해야 그 뜻을 이해할 수 있고, 역사서는 여럿이 함께 읽으며 토론하는 게 더 낫다는 얘기다.

'나 홀로 정독'과 '다 함께 토론'의 장점을 접목한 사람 중에 청나라 말기 태평천국의 난을 진압한 증국번이 있다. 그는 "뒤숭숭한 날에는 경전을 읽고, 차분한 날에는 사서를 읽는다"면서 마음이 고양된 날 경전으로 심신을 다독이고, 가라앉은 날 사서로 투지를 불러일으켰다고 한다.

이 같은 잠언은 수많은 독서와 깊이 있는 사색의 결실이다. 장조는 요즘으로 치면 교육감에 해당하는 아버지의 가르침 덕분에 15세부터 문명을 떨쳤다. 그러나 10년 이상 과거에 낙방했고, 평생 미관말직을 전전했다. 그는 이런 불운과 좌절을 오히려 지렛대 삼아 수많은 저술을 남겼고, 220여 권에 이르는 총서까지 펴냈다.

그의 역작 『유몽영』은 청나라 쇠퇴와 함께 잊혔다가 20세기 초중반에 다시 빛을 봤다. 『생활의 발견』으로 유명한 린위탕(林語堂·임어당)은 이 책을 읽고 너무나 감격해 영어로 서구에 소개하면서 "나에게 가장 큰 영감을 준 책"이라고 극찬했다.

『유몽영』에는 책에 관한 얘기가 유난히 많다. 비운의 문사였던 장조가 책을 스승으로 삼은 덕분이다. 그는 "독서야말로 가장 즐거운 일이긴 하지만, 사서를 읽으면 즐거움은 적고 노여움이 많아지는데 따져보면 노여움을 안기는 것 또한 즐거움을 안기는 것과 같다"고 말했다. 지난 역사의 흥망성쇠에서 삶의 비의(祕義)를 찾을 수 있다는 얘기다. 일본 계몽사상가 후쿠자와 유키치가 『춘추좌전』을 13번 읽고, 중국의 마오쩌둥이 『자치통감』을 17번이나 읽은 이유도 이와 같다.

『유몽영』에는 서양의 아포리즘(aphorism 금언, 격언)이나 에피그램(epigram 경구, 풍자시) 같은 문장도 많다. 빛과 그림자의 양면을 고찰한 대목이 대표적이다. 장조는 "거울과 물속의 그림자는 빛을 받아들인 결과이고, 햇빛과 등불로 만든 그림자는 빛을 베푼 결과"라면서 "하늘의 달도 햇빛을 반사해 그림자를 만드는데, 천공에서 만들어지는 달의 그림자는 햇빛을 받아들인 결과이고 밤에 만들어지는 그림자는 달이 햇빛을 받아 땅에 베푼 결과"라고 설명한다.

빛을 반사하는 대상인 거울과 빛을 베푸는 광원(光源)인 달을 대비하면서 그가 달을 사랑하는 까닭 역시 "빛을 받기도 하고 베풀 줄도 알기 때문"이라고 덧붙인다. 또 "거울은 스스로를 비추지 못하고, 저울은 스스로를 달지 못하고, 칼은 스스로를 찌를 수 없다"는 경구와 함께 거울을 대하는 인간의 양면성을 풍자하기도 한다. "추한 용모와 더러운 성깔을 지닌 자가 거울과 원수 되지 않는 것은 거울이 지각없는 사물(死物)이기 때문이다. 만일 거울에 지각이 있다면 반드시 박살이 났을 것이다."

가슴을 아릿하게 하는 구절도 있다. 말로는 그럴듯한데 실제로는 쓸쓸한 삶의 단면들을 묘사한 대목이다. "경치 중에 말로 할 때는 아주 그윽하지만 실상은 쓸쓸한 게 있는데 이슬비가 그렇다. 말로는 우아하지만 실로 견디기 힘든 경우도 있는데 가난과 병이 그렇다. 소리 가운데 말로는 아주 운치 있지만 실제론 거칠고 비루한 것이 있는데 꽃 파는 소리(賣花聲)가 그렇다."

이처럼 빛나는 문장과 그 뒷면의 그늘을 함께 비추는 게 『유몽영』이다. 이 책에 매료된 인물 가운데 특별한 이가 있었다. 청나라 말기 지방 현감을 지내다 아깝게 생을 마감한 주석수(朱錫綬)다. 그는 속편 격인 『유몽속영』에서 "비바람은 꽃을 아껴 그칠 줄 모르고 환난 역시 재주를 아껴 그칠 줄 모른다"며 역경은 곧 성공의 디딤돌이라는 이치를 일깨웠다.

이런 교훈은 공자가 진나라와 채나라에서 고난을 겪었기에 『춘추』를 지었고, 굴원이 쫓겨나는 신세가 되었기에 『이소』를 썼으며, 사마천이 궁형의 치욕을 당한 뒤에 『사기』를 저술한 것과 맥을 같이한다. 마키아벨리가 『군주론』에서 "유능한 개혁가들은 모두 수많은 시련을 겪었다"며 "뛰어난 자질로 이런 어려움을 차례로 극복하고 정상에 오른 뒤 시기하는 자들을 제거하면 이후 더욱 강력하고 안정된 기반 위에 명성과 번영을 누릴 수 있다"고 설파한 것과도 상통한다.

모든 잠언과 경구는 오랜 자기 성찰 과정에서 완성된다. 남다른 생각 끝에 체득한 진리를 압축적으로 기록했기에 가장 짧은 말로 가장 긴 울림을 주는 묘미까지 갖췄다. 난세를 헤쳐갈 묘안도 손에서 책을 놓지 않는 수불석권(手不釋卷)의 지혜와 홀로 방 안에 앉아 자신을 돌아보는 정좌(靜坐)의 고요에서 나온다. 요즘처럼 경제가 어렵고 국제 정세가 위태로울 때는 더 그렇다.

지금은 겨울이니 정신을 집중하고 경전을 읽는 게 좋겠다. 다가올 계절을 기다리며 문학과 역사서도 준비해야겠다. 머잖아 얼음이 풀리고 봄 싹이 돋는 소리가 들릴 즈음, 우리 내면에 가려져 있던 '그윽한(幽) 꿈(夢)의 그림자(影)'를 만날 수 있으면 더욱 좋겠다.

경서(經書)를 읽기에는 겨울이 좋으니, 정신을 집중할 수 있기 때문이다.

사서(史書)를 읽기에는 여름이 좋으니, 날이 길기 때문이다.

제자서(諸子書)는 가을에 읽기 좋다. 운치가 남다르기 때문이다.

문집(文集)은 봄이 더 좋다. 기운이 화창하기 때문이다.

장조

		(『사서삼경』 같은) 경전은 혼자 읽어야 좋고,		
	(역사책인) 『사기 史記』와 『통감 通鑑』은 벗과 함께 읽는 게 좋다.
				장조				

뒤숭숭한 날에는 경전을 읽고, 차분한 날에는 사서를 읽는다.

증국번

독서야말로 가장 즐거운 일이긴 하지만,

사서를 읽으면 즐거움은 적고 노여움이 많아지는데

따져보면 노여움을 안기는 것 또한 즐거움을 안기는 것과 같다.

장조

작가의 지혜가 끝나는 곳에서

우리의 지혜가 시작된다

"독서는 작가의 지혜가 끝나는 곳에서 우리의 지혜가 시작되는 행위다."

방대한 분량의 장편소설 『잃어버린 시간을 찾아서』를 쓴 작가 마르셀 프루스트(1871~1922)의 말이다. 그가 병마와 싸우면서도 필생의 대작을 완성할 수 있었던 비결이 곧 독서와 사색이었다. 그의 말처럼 우리는 독서를 통해 각각의 생각을 키워간다. 작가가 할 수 있는 일은 욕망을 주는 것뿐이다. 그런데도 독자들은 작가가 답을 가르쳐 주기를 기대한다. 그 욕망이란 작가의 예술적 노력으로 완성된 지고의 미를 관조할 수 있을 때 우리 안에서 떠오를 수 있다.

미국 터프츠대학 아동발달학과 교수이자 인지신경과학자인 매리언 울프는 『책 읽는 뇌』에서 독서와 뇌의 관계를 집중적으로 파고든다. 그는 "애초에 인간의 뇌는 독서를 위해 만들어지지 않았다"고 말한다. 인간이 문자를 읽고 그 안의 상징을 이해하는 과정에는 뇌 회로의 연결이 필요한데, 인류가 문자를 발명하고 발전시키는 와중에 뇌가 기존 회로를 재편성해 이를 해독하는 쪽으로 바뀌어 왔다는 것이다.

문자의 종류에 따라 서로 다른 반응을 보이는 것도 뇌가 독서에 맞춰 진화했다는 점을 확인시킨다. 같은 표의음절문자에 속하는 고대 수메르어를 읽는 사람과 중국어를 읽는 사람의 뇌는 비슷하게 움직인다. 이런 문자는 물체 인지에 사용되는 후두와 측두의 주요 부위, 좌우 뇌에 있는 시각영역을 넓게 활성화시킨다.

반면에 '세종대왕이 창제한 완벽한 문자체계'(저자의 표현)인 한글이나 알파벳처럼 음소문자를 쓰는 사람들은 뇌의 측두인 두정부 주변이 특히 활성화된다.

그런데 남자아이는 왜 여자아이보다 더 늦게 글을 깨칠까. 그것은 뇌신경의 통합을 촉진하는 지방질 피복 수초가 늦게 발달하기 때문이다. 따라서 다섯 살이 되기 전 아이들에게 독서를 가르치고 강요하는 것은 생물학적으로 경솔한 일이라고 한다.

매리언 울프는 난독증 연구가로서 독특한 관점을 펼쳐 보인다. 발명가 토머스 에디슨과 예술가 레오나르도 다빈치, 과학자 알베르트 아인슈타인은 천재적인 창의성을 발휘한 인물들이지만 난독증을 겪었다. 이들은 왜 독서에 어려움을 겪었을까.

울프는 "뇌가 독서에 적합한 회로를 타고나지 않았다는 가장 확실한 증거가 바로 난독증"이라고 말한다. 난독증을 겪는 사람과 그렇지 않은 사람들의 뇌에 구조적 차이가 있다는 연구 결과가 이를 뒷받침한다. 독서에는 적합하지 않지만 예술이나 지형 인지, 건축 등 다른 분야에서 특별한 재주를 발휘하는 천재들이 글을 읽지 못하면서도 재능을 발휘하는 경우는 얼마든지 있다는 얘기다.

소크라테스가 '문자 언어의 확산'을 비판한 이유도 그렇다. 양방향 대화를 통한 지식의 고양을 중시했던 소크라테스는 '대화를 차단하고 암기의 가치를 훼손하는 훼방꾼'으로 문자를 대했다.

현대사회에서는 많은 부모가 컴퓨터 게임과 디지털 영상에 빠진 아이가 문자를 도외시할까 걱정한다. 그러나 울프는 디지털을 피하려고 무조건 책을 떠안기는 '기능적인 독서'는 바람직하지 않다고 얘기한다.

그의 말마따나 책 읽기가 인간의 뇌를 재편성한 것처럼 정보기술의 발달은 뇌를 또 다른 방식으로 재편성할 것이다. 이때 중요한 것은 '읽기'와 '생각하기'의 상보관계다. 어느 한쪽을 버리지 않고 두루 섭렵하면서 '초월적인 사고'를 가능하게 한 것이 '책 읽는 뇌'의 최고 업적이기 때문이다.

독서는 작가의 지혜가 끝나는 곳에서 우리의 지혜가 시작되는 행위다.

마르셀 프루스트

'읽기'와 '생각하기', 어느 한쪽을 버리지 않고 두루 섭렵하면서

'초월적인 사고'를 가능하게 한 것이 '책 읽는 뇌'의 최고 업적이다.

고두현

위대한 인물들은
절대 서두르지 않았다

사진 찍을 때 한쪽 눈을 감는 것은
마음의 눈을 뜨기 위해서다

"사진을 찍을 때 한쪽 눈을 감는 것은 마음의 눈을 뜨기 위해서다."

프랑스의 전설적인 사진가 앙리 카르티에 브레송(1908~2004)이 한 말이다. 그에게 눈은 카메라의 렌즈이자 보이지 않는 것을 비추는 '마음의 창'이다. 그 창은 직관과 성찰의 열쇠로만 열 수 있다. 내면의 빛을 통해 볼 수 있는 생의 이면이 그곳에 감춰져 있다.

그는 사진을 위해 연출하는 것을 거부했다. 최대한 자연스러운 상태에서 '결정적인 순간'을 포착하고자 했다. 그렇게 잡아낸 순간은 짧고도 짧은 '찰나의 순간'이자 두고두고 잊히지 않는 '영원의 한순간'이다.

이 결정적인 순간을 포착할 때까지 그는 카메라와 한 몸이 되어 기다리고 또 기다린다. 완벽한 '찰나의 순간'이 오면 그때 '영원의 한순간'을 잡아낸다.

그 유명한 '생 라자르역 뒤'(1932)를 찍을 때도 그랬다. 이 사진은 비온 뒤 물웅덩이 위를 폴짝 뛰어 건너는 남자를 찍은 것인데, 남자가 건

너뛰는 동작이 역동적이어서 마치 하늘을 나는 듯하다. 수면 위에 반사된 그의 그림자도 똑같이 보인다. 맞은편 벽의 발레 공연 포스터 속에 나오는 무용수의 도약과도 닮았다.

이 입체적인 닮은꼴 장면을 찍기 위해 그는 얼마나 오래 기다렸을까. 그가 셔터를 누른 직후 남자의 발은 물에 닿았을 것이고, 낡은 구두는 이미 젖었을 것이며, 결정적인 찰나의 순간은 다시 오지 않을 것이다. 그는 이 드라마틱하고 몽환적인 한낮의 일상을 영원히 지워지지 않는 예술의 시공간에 담아냈다.

그가 사진 찍히는 것을 싫어하는 화가 앙리 마티스를 촬영할 때 일화도 유명하다. 그는 마티스의 작업을 방해하지 않으려고 며칠 동안 작업실 한구석에 '없는 사람'처럼 앉아 있었다고 한다. 그곳에 오래 머물며 공간과 충분히 익숙해진 다음 '자연스럽게 터져 나오는 재채기'처럼 셔터 소리가 녹아 나오도록 기다렸던 것이다.

1938년 영국 조지 6세 대관식 때는 어땠는가. 거의 모든 사진가가 조지 6세에게 초점을 맞추고 있을 때 그는 뒤로 돌아 관람 인파에 앵글을 맞췄다. 돌난간에 빽빽이 앉아 대관식을 구경하는 사람들 아래로 한 사내가 술에 취해 곯아떨어져 있고 그 옆에는 구겨진 신문지와 쓰레기가 흩어져 있다. 그만이 포착할 수 있는 기막힌 대비 구도다.

그는 어릴 때 사진보다 그림에 더 관심이 많았다. 그러다 열다섯 살 무렵 코닥의 브라우니 박스 카메라를 갖게 되면서 사진에 매료됐다. 유난히 호기심이 많았던 그는 카메라의 창으로 세상을 보는 법을 실험하듯 하나씩 익혔다. 회화와 사진을 넘나드는 이 관점 덕분에 그의 예술 감각은 더욱 깊고 넓어졌다.

그는 훗날 "나에게 카메라는 스케치북이자, 직관과 자생(自生)의 도구이며, 시각의 견지에서 묻고 동시에 결정하는 순간의 스승"이라고 말했다.

이를 '성찰의 드로잉'이라고 표현하기도 했다. "나에게 사진은 순간과 순간의 영원성을 포착하는, 늘 세심한 눈으로부터 오는 자연스러운 충동이다. 드로잉은 우리의 의식이 순간적으로 파악하는 것을 섬세한 필적으로 구현해낸다. 사진은, 성찰을 드로잉하는 순간적인 행위다."

그는 삶과 죽음까지 '순간'과 '영원'의 조우로 봤다. 그의 묘비명에도 "사진은 '영원을 밝혀 준 바로 그 순간'을 영원히 포획하는 단두대"라는 글귀가 적혀 있다. 이는 "결정적인 순간을 찍으려 평생 발버둥쳤으나 삶의 모든 순간이 결정적 순간이었다"는 고백만큼이나 수준 높은 '성찰적 드로잉'의 단면을 보여주는 문구다.

지금 우리는 그가 썼던 라이카 카메라보다 훨씬 간편하고 작은 휴대폰으로 수많은 일상을 찍는다. 너무 익숙하고 편리해서 아무렇지도 않게 찍어 대지만, 이 또한 소중한 '찰나의 순간'이며 의미 있는 '영원의 한순간'이다.

이제부터라도 "사진을 찍을 때 한쪽 눈을 감는 것은 마음의 눈을 뜨기 위해서다"라는 그의 명언처럼 내면의 눈으로 사물을 다시 봐야겠다. 여기에 더해 밑줄 긋고 싶은 그의 또 다른 명언 하나까지 오래 음미

해봐야겠다.

　"사진을 찍는다는 것은 머리와 눈 그리고 마음을 동일한 조준선 위에 놓는 것이다."

사진을 찍을 때 한쪽 눈을 감는 것은 마음의 눈을 뜨기 위해서다.

앙리 카르티에 브레송

나에게 카메라는 스케치북이자, 직관과 자생(自生)의 도구이며

시각의 견지에서 묻고 동시에 결정하는 순간의 스승이다.

앙리 카르티에 브레송

나에게 사진은 순간과 순간의 영원성을 포착하는,

늘 세심한 눈으로부터 오는 자연스러운 충동이다.

드로잉은 우리의 의식이 순간적으로 파악하는 것을 섬세한 필적으로

구현해낸다. 사진은, 성찰을 드로잉하는 순간적인 행위다.

앙리 카르티에 브레송

사진을 찍는다는 것은

머리와 눈 그리고 마음을 동일한 조준선 위에 놓는 것이다.

앙리 카르티에 브레송

위대한 인물들은 절대 서두르지 않았다

"지난 세기의 위대한 인물들은 결코 서두르지 않았다. 그래서 세계는 그들을 성급하게 잊지 않는다."

『카오스』의 저자로 유명한 미국 과학저널리스트 제임스 글릭 (1954~)이 한 말이다. 그는 『빨리 빨리 Faster』라는 책에서 이 경구를 들려주며 현대인의 조급증을 꼬집는다.

그는 엘리베이터와 인내심 얘기를 하면서 '속도전에 대한 멋진 패러독스'를 펼쳐 보인다. 엘리베이터 앞에서 기다리는 한계 시간은 15초 정도라고 한다. 40초가 넘으면 대부분 화를 낸다. 엘리베이터를 기다리거나 그 안에 있을 때 사람들은 뭔가 생산성 없는 일을 하고 있다고 느끼기 때문이다.

처음 등장한 엘리베이터의 속도는 1초에 20센티미터였다. 지금은 초당 12미터 이상으로 날아다닌다. 비행기 이륙속도와 맞먹는 빠르기다. 요즘은 '나노초(nanosecond 10억분의 1초)'라는 표현도 흔해졌다. 10

억분의 1초라면 거의 움직임이 없는 상태나 마찬가지다.

그런데 위성 신호를 받을 땐 문제가 달라진다. 조금이라도 빈틈이 있어서는 안 되고 시간도 빛의 단위로 쪼개 써야 하는 세상이 됐다. 도대체 얼마나 더 빠르고 부지런해야 할까.

그의 명언을 미국판 '느림의 미학'이라고 표현해도 될 성싶다. 프랑스 철학자 피에르 쌍소가 『느리게 산다는 것의 의미』를 통해 유럽 철학자의 인문적 사유를 보여줬다면 그는 『빨리 빨리』에서 미국 과학저술가의 사회학적 성찰을 보여준다.

그가 말한 대로 뉴스채널 CNN과 음악채널 MTV조차 속도전의 선두를 다투고 있다. CNN은 30초짜리 광고를 접수해 8초나 5초짜리로 만들어 버렸고 MTV의 뮤직비디오는 어떤 쇼트도 1~2초 이상 지속하는 법이 없다.

신문도 현대인의 습성에 맞춰 기사를 짧게 쓴다. 여러 일간지를 요약해 주는 서비스까지 등장했다. 야구 경기 또한 시간을 줄이기 위한 온갖 규칙들을 도입했다.

하기야 러시아 대문호 솔제니친도 강제수용소에서 보낸 16년보다 전차를 기다리는 16분을 더 지루해하는 자신에게 놀랐다고 한다. '시간'은 이처럼 신비롭다.

제임스 글릭은 또 "현대인들이 시간을 사고팔면서 낭비하는 반면 아프리카 원주민들은 원하는 만큼 시간을 창조하고 생산한다"고 말한다.

시간이란 분할된 꾸러미들의 연속체라기보다 하나의 지속적인 흐름이며, 인간에 의해 정의되고 분석되고 측정되는 것이라는 얘기다. 잃어버렸다가 되찾는 게 아니므로 과학기술이 더 많은 시간을 갖게 해주지도 않는다. 따라서 시간의 흐름 속에 몸을 내맡기거나 헤엄치는 것은 전적으로 선택의 문제다. 시간의 무늬는 스스로 디자인하기 나름이다.

시간에 대한 그의 명언은 에밀레종의 울림만큼 긴 여운을 남긴다. 다시 한 번 차분하게 음미하며 나를 돌아보기로 하자.

"지난 세기의 위대한 인물들은 결코 서두르지 않았다. 그래서 세계는 그들을 성급하게 잊지 않는다."

지난 세기의 위대한 인물들은 결코 서두르지 않았다.

그래서 세계는 그들을 성급하게 잊지 않는다.

제임스 글릭

현대인들이 시간을 사고팔면서 낭비하는 반면

아프리카 원주민들은 원하는 만큼 시간을 창조하고 생산한다.

제임스 글릭

기회의 신에겐 앞머리밖에 없다

이탈리아 토리노박물관에 특이한 대리석 부조(浮彫)가 있다. 기원전 4세기 그리스 조각가 리시포스의 '카이로스(Kairos)'다. 카이로스는 그리스 신화에 나오는 시간(때)과 기회의 신이다. 그런데 생김새가 이상하다. 앞머리는 무성하고 뒤쪽은 대머리다. 양쪽 어깨와 발뒤꿈치에 날개가 달려 있고, 손에는 저울과 칼이 들려 있다.

그 아래에 고대 그리스 시인 포세이디포스의 풍자시가 적혀 있다.

"너는 누구인가? 나는 모든 것을 지배하는 시간이다. / … 머리카락은 왜 얼굴 앞에 걸쳐 놓았지? 나를 만나는 사람이 쉽게 붙잡게 하려고. / 그런데 뒷머리는 왜 대머리인가? 내가 지나가고 나면 다시는 붙잡을 수 없도록 하기 위해서지."

기회는 바람같이 사라지기 때문에 한 번 놓치면 붙잡을 수 없다는 의미다. 한 줄로 줄이면 "기회의 신에겐 앞머리밖에 없다"는 얘기다.

16세기 회화에도 이런 모습이 자주 등장한다. 이탈리아 화가 프란

체스코 살비아티가 그린 '기회의 신' 카이로스 역시 앞머리가 풍성하고 뒷머리는 없다. 어깨와 발에 달린 날개, 양손의 저울과 칼까지 그대로다.

로마 신화에 나오는 '기회의 여신' 오카시오도 생김새가 똑같다. 발뒤꿈치 날개까지 닮았다. '때'와 '기회'를 뜻하는 영어 단어(occasion, opportunity)가 여기에서 나왔다고 한다. 이 가운데 우연이 아니라 노력으로 얻는 '기회(opportunity)'는 '가까이(ob, op)'와 '항구(port)'를 합친 말로, 밀물 때에 맞춰 항구에 들어오는 배를 상징한다.

이처럼 시간과 기회는 동전의 양면이자 암수한몸이다. 시계와 문명의 상관관계도 마찬가지다. 인류가 기계식 시계를 처음 만든 것은 13세기 들어서다. 그전까지는 해시계와 물시계에 의존했다. 기술 혁신의 일등 공신은 탈진기(脫進機, escapement)였다. 톱니바퀴의 진행 속도를 일정하게 만드는 이 기구는 '시계의 심장'에 해당한다.

이 장치를 개발한 주역은 유럽의 대포 기술자들이었다. 『시계와 문명』을 쓴 이탈리아 역사학자 카를로 치폴라는 "초창기 시계가 쇠나 청동으로 만든 거대한 공공 시계였으므로 제작자들은 대장장이나 자물쇠공, 총포공 등 금속을 다루는 사람이었다"고 설명한다.

도시 한가운데 성당이나 광장에 설치되던 시계가 신흥 부자들의 사치품으로 바뀌자 시계 제작자들도 대포 장인보다 보석 세공인처럼 변했다. 수요가 커지고 시장이 넓어지면서 독일 아우크스부르크와 뉘른베르크 등 시계 제조업의 중심지가 생겨났다.

그러나 신교와 구교 간의 '30년 전쟁(1618~1648)' 등으로 많은 시계 기술자가 영국과 스위스로 떠났다. 당시 시계공은 문자 해득력이 높은 우수 인재였다. 이들의 이주로 시계 산업의 지형도가 달라지기 시작했다. 신기술과 숙련공을 받아들인 영국과 스위스, 스웨덴은 새로운 산업 중심지가 됐다. 시계산업은 설비보다 인력 비중이 높았기 때문에 이들의 영향이 국가 경제의 흥망을 좌우할 정도로 컸다. 가장 낙후한 지역이던 영국이 기술 혁신을 선도하는 산업국가로 거듭난 것도 이 덕분이었다.

물론 기술 인력의 이동만으로 국가 경제가 발전하는 건 아니다. 많은 시계공이 15~16세기 오스만 제국으로 갔지만 그 나라에서는 변화가 없었다. 새로운 기술과 문화를 적극적으로 받아들이지 않으면 기술 수혜국이 될 수 없다. 동양에서도 그랬다. 일본은 서양 시계를 모방하다가 17세기 말부터 독창적인 제품을 만들었지만, 중국은 수공업과 기술을 천대하다가 시계 후진국이 되고 말았다. 문명비평가 루이스 멈퍼드가 "근대 산업 시대의 핵심 기계는 증기기관이 아니라 시계"(『기술과 문명』)라고 역설한 이유도 여기에 있다.

17세기 이후에는 시계 제작의 전문화와 세분화가 이뤄져서 대량생산이 가능해졌다. 이때의 시계 제작은 물리학과 역학의 이론적 발견을 실용화한 최초의 산업이었다. 18세기 산업혁명도 이 토대 위에서 싹을 틔웠다.

시곗바늘이 오른쪽으로 도는 이유 또한 '기회'와 관련이 있다. 시계

시침과 분침, 초침의 방향은 해시계의 막대 그림자 움직임과 같다. 지구 위도에 따라 그림자가 달라지지만, 문명이 앞선 북반구에서 볼 때 해시계의 그림자는 늘 오른쪽으로 움직였다. 오늘날 시계침의 회전 방향이 이렇게 정해졌다.

고대 그리스 사람들은 시간의 개념을 두 개로 나눴다. 이들은 단순히 흘러가는 물리적 시간을 '크로노스(Chronos)'라는 신의 이름으로 불렀다. 이는 절대적이고 정량적인 시간이다. 주관적이고 정성적인 느낌의 시간은 '카이로스'라고 했다. 바로 '기회의 신'이다. 시간은 어떻게 쓰느냐에 따라 '쏜살'도 되고 '일각 여삼추'도 된다. 프랑스 시인 자크 프레베르가 공원에서 입 맞춘 황홀의 시간을 '영원의 한순간'이라고 한 것은 기막힌 표현이다.

시간에 느낌이 있듯이 시계에도 표정이 있다. 시계 광고를 보면 대부분 시침과 분침이 10시 10분을 가리키고 있다. 웃는 입 모양이다. 초침은 35초에 맞춰져 있다. 원을 3분의 1씩 나눈 Y자의 황금비율이다. 시계에 얼굴 근육이 따로 있는 건 아니지만, 사람들은 10시 10분의 미소와 8시 20분의 우울을 금방 구분할 줄 안다.

시곗바늘은 반복해서 회전한다. 그러나 우리 인생 시간은 반복되지 않는다. 그 속에 많은 기회가 숨겨져 있다. 기회는 기다려주지 않는다. 바로 붙잡지 않으면 지나가 버린다. 카이로스가 한 손에 저울, 한 손에 칼을 든 것도 의미심장하다. 분별할 때는 저울처럼 신중하게, 결단할 땐 칼같이 하라는 뜻이다.

너는 누구인가?

나는 모든 것을 지배하는 시간이다.

머리카락은 왜 얼굴 앞에 걸쳐 놓았지?

나를 만나는 사람이 쉽게 붙잡게 하려고.

그런데 뒷머리는 왜 대머리인가?

내가 지나가고 나면 다시는 붙잡을 수 없도록 하기 위해서지.

포세이디포스의 풍자시

오만은

다른 사람이 나를 사랑할 수 없게 한다

"오만은 다른 사람이 나를 사랑할 수 없게 하고, 편견은 내가 다른 사람을 사랑하지 못하게 한다."

영국 작가 제인 오스틴(1775~1817)의 소설을 원작으로 한 영화 〈오만과 편견 Pride and Prejudice〉에 나오는 명대사다. 그녀는 영국 BBC의 '지난 1000년간 최고 문학가' 조사에서 셰익스피어에 이어 2위를 차지한 인기 작가다. 영국 남부 햄프셔주 스티븐턴에서 목사의 딸로 태어났다. 어려서부터 글재주가 뛰어나 가족과 이웃의 사랑을 받았고 15세부터 단편소설을 썼다. 편지 쓰는 것도 즐겨 평생 3000여 통을 보냈다.

첫사랑은 스물한 살 때 만난 아일랜드 청년 톰. 둘은 거의 결혼 직전까지 갔다. 그녀가 언니에게 보낸 편지에서 '신사답고 잘생기고 유쾌한 청년'이라며 '내일이면 청혼받을 것 같다'고 썼던 남자다. 하지만 톰 가족의 반대로 결혼은 무산되고 말았다.

이 상처를 안고 쓴 소설이 『첫인상』이다. 모든 출판사로부터 거절당한 이 작품은 17년 후인 1813년에야 『오만과 편견』이란 제목으로 빛을 봤다. 이 작품의 인세는 고작 110파운드였다. 저작권까지 넘겨야 했기 때문에 같은 해 2쇄를 찍었지만 더 이상 돈은 못 받았다. 2년 앞서 발표한 소설 『이성과 감성 Sense and Sensibility』으로는 140파운드를 받았지만 제작비를 지급해야 했다.

그렇게 평생 받은 인세는 710파운드에 불과했다. 『오만과 편견』 속의 주인공 엘리자베스 아버지의 연 수입이 2000파운드, 언니 제인의 남자 빙리의 연 수입이 4000파운드인 걸 보면 초라한 액수다. 엘리자베스의 남자 다아시는 연간 1만 파운드를 벌었다고 나온다. 작품으로는 어느 정도 성공했지만, 경제적 자립을 이루기엔 턱없이 부족했다.

당시는 여성이 경제적인 이유로 결혼하던 사회였다. 이런 분위기에 반기를 든 그녀는 평생 독신으로 살았다. 한때 옥스퍼드대학 출신 부잣집 연하 남자에게 청혼을 받아 승낙한 적도 있지만 고심 끝에 하루 뒤 번복했다. 소설의 해피엔딩과는 정반대였다. 다아시가 '오만'하다는 '편견' 때문에 구애를 거부하다가 첫인상보다 속마음이 중요하다는 사실을 깨닫고 '편견'을 고친 뒤 결혼하는 엘리자베스는 그녀가 바라는 꿈이었는지 모른다.

그녀가 42세로 세상을 떠난 뒤 200년이 된 2017년에는 영국항공이 제인 오스틴 소설 속 명소 4곳을 선정하고 여행 프로그램을 지원했다. 그 덕분에 고향 햄프셔와 5년간 머물렀던 바스, 남부 해안의 여름 휴양지 라임 레지스, 소설 속 다아시의 저택이 있는 셰필드를 찾는 사람들이 줄을 이었다.

영국 정부는 그해 새 10파운드 지폐에 제인 오스틴의 얼굴과 대표작 『오만과 편견』 속의 문장 '독서만 한 즐거움은 없어!'를 새겼다.

지폐에 새기기에는 좀 길지만 '오만은 다른 사람이 나를 사랑할 수 없게 하고, 편견은 내가 다른 사람을 사랑하지 못하게 한다'는 말이야말로 세계인이 공감할 명문이다. 지금 우리 사회에도 꼭 필요한 명구다.

오만은 다른 사람이 나를 사랑할 수 없게 하고,

편견은 내가 다른 사람을 사랑하지 못하게 한다.

영화 〈오만과 편견〉 중에서

좋은 담장이 좋은 이웃을 만든다

"좋은 담장이 좋은 이웃을 만든다"는 17세기 중엽에 등장한 영국 속담이다. 아무리 가까운 이웃 사이라도 서로를 위해 적절한 담장이 있는 게 좋다는 얘기다. 우리 삶과 인간관계에서 '아름다운 간격'이 얼마나 중요한지를 일깨워 주는 명언이기도 하다.

이 말은 미국 시인 로버트 프로스트(1874~1963)의 시에도 나온다. 퓰리처상을 4회나 받은 그는 뉴잉글랜드 지역 농장에서 오랫동안 전원생활을 했다. 봄이 되면 언덕 너머 이웃에 연락해 담장을 복구하곤 했다. 겨울에 언 땅이 서서히 녹으면서 무너진 돌을 다시 쌓는 작업이었다. 두 사람은 각자 자기 담장 안으로 걸으면서 자기편으로 떨어진 돌을 주워 올리며 경계를 확인했다.

이 단순한 일상에서 영감을 얻어 쓴 시가 '담장을 고치며(Mending Wall)'다. 1914년 출간된 시집 『보스턴의 북쪽』에 실린 이 시는 '가지 않은 길'과 함께 가장 많이 사랑받고 있다. 쉬운 언어로 쓰였지만, 그 속에는 다양한 의미가 함축돼 있다. 제1차 세계대전과 냉전 시대, '베를린 장벽' 등 역사적 사건에 자주 등장해 더 큰 명성을 얻었다.

45행으로 이뤄진 시의 첫 구절은 이렇다.

'담장을 좋아하지 않는 뭔가가 여기 있어, / 담 아래 언 땅을 부풀게 하고, / 햇살에 녹으면 위쪽 돌들을 무너뜨려, / 두 사람도 너끈히 지나갈 틈을 만드는. / 사냥꾼들이 낸 틈과는 다르지.'

여기서 '담장을 좋아하지 않는 뭔가'는 겨울과 봄의 자연 현상이다. 사냥꾼들이 만든 인위적인 틈과 달리 해마다 반복된다. 어느 날 시인은 우리 사이에 왜 담장이 필요한지 의구심을 갖는다.

'사실 이곳은 담장이 필요한 곳이 아니네, / 그쪽은 소나무 밭이고 내 쪽은 사과밭이니. / 내 사과나무가 넘어가서 / 솔방울을 따먹을 리 없다고, 난 그에게 말하네.'

그러자 이웃 농부는 오래된 속담을 인용하며 '좋은 담장이 좋은 이웃을 만들지요'라고 답한다. 장난기가 발동한 '나'가 '그건 소를 키울 때나 필요한 것, 여긴 소가 없잖아요'라며 '담장을 좋아하지 않는 뭔가'를 재차 상기시킨다. 누가 일부러 그런 게 아니고 자연 현상 때문이니 서로 해를 끼칠 일 없는 이웃에서 일부러 담을 쌓을 필요가 있겠느냐는 것이다.

그런데도 이웃은 돌담을 계속 쌓는다. 그가 '양손에 돌을 굳세게 잡고 오는' 모습이 '석기시대 야만인이 무기를 든' 것처럼 느껴질 정도다. '나'의 의중을 아는지 모르는지 그는 '좋은 담장이 좋은 이웃을 만들지요'라는 말을 되풀이한다.

시의 결말만 보면 서로 경계를 확실히 해서 분쟁을 없애는 게 좋다는 얘기일 수 있지만, 과정을 보면 담장을 없애는 게 어떻겠느냐는 '나'의 생각에 더 무게가 실려 있다. 담장을 쌓기 전에 '무엇을 지키고, 무엇을 막을지' 생각해 보자는 합리성까지 겸비했다. 그러나 프로스트의 시는 단순하지 않다. 때론 아주 역설적이다. 말로는 담을 없애자면서 '나'의 행동은 그 반대다. 담장 복구를 제안한 것도 '나'다. 담장은 대체 무슨 의미인가.

사실 담장은 구분과 격리, 단절을 의미한다. 안과 밖을 가르는 경계라는 점에서 보면 출구 없는 '벽'이다. 한편으론 서로의 관계를 부드럽게 유지하도록 돕는 완충재다. 상호 협력과 교섭, 소통의 통로라는 점에서는 또 하나의 '문'이다. 이 양면성은 이웃 농부뿐만 아니라 사회와 국가 사이에도 그대로 적용된다.

프로스트가 말한 담장의 의미는 냉전 시대에 서로 다른 의미로 받아들여졌다. 행간에 담긴 뜻을 저마다 유리한 쪽으로 해석했다. 1961년 '베를린 장벽'이 생겼을 때는 '벽을 허물자'는 서방 측과 '벽을 지키자'는 소련 측의 상반된 시각이 맞물려 돌아가기도 했다.

62년 쿠바 미사일 위기 때 전쟁 직전의 비상사태를 완화했다. 당시 프로스트는 케네디 대통령의 특사로 소련을 방문해 흐루쇼프 공산당 서기장을 만났다. 88세의 고령에 여독으로 앓아 누운 상태에서 그는 흐루쇼프에게 이 시를 들려주며 "두 나라가 스포츠와 과학 · 예술 · 민주주의에서 고귀한 경쟁을 해야 한다"고 말했다. 이에 흐루쇼프는 "평화로운 경제 경쟁을 하자"고 화답했고 얼마 후 양국 관계가 회복됐다. 이듬해 프로스트가 세상을 떠났을 때 흐루쇼프는 케네디와 함께 그를 기리는 조사(弔辭)를 썼다.

우리 이웃 나라들은 어떤가. 중국의 담장은 유난히 높다. 전통 가옥은 철옹성 같은 담장 외에 대문 안에서도 내부를 볼 수 없게 조벽(照壁)을 세운다. 자금성의 붉은 담은 평균 높이 11미터에 이르고, 만리장성 길이는 6000킬로미터나 된다.

일본의 성(城)도 중국처럼 높고 견고하다. 오사카성이나 구마모토성 등 일본의 주요 성곽은 거대한 석축으로 요새화돼 있다. 외곽에는 해자(垓字)를 파 이중삼중으로 외부 접근을 차단하고 있다.

이와 달리 한국의 담과 석축은 대부분 낮다. 인공적인 석축보다 자연에 순응하면서 높낮이를 조율한 결과다. 이런 차이는 세 나라의 인지적 특성과 상통한다. 중국과 일본이 철벽 담장을 두른 폐쇄적 문화인 것과 달리 우리는 스스로 높이를 낮춘 개방적 문화를 갖고 있다.

국가 안보와 외교 현장에도 이 같은 담장의 원리가 적용된다. 강자는 담장을 함부로 무너뜨리고 신뢰도 쉽게 깬다. 이들은 늘 담장 밖을 넘본다. 침략의 목적이 담 너머에 있는 뭔가를 빼앗는 것이기 때문이다. 반면 약자는 늘 담장 안에 갇혀 지낸다. 무엇을 얻기보다 지키는 일에 안간힘을 쏟는다.

우리와 이웃 사이에도 '좋은 담장'이 필요하다. 그러나 담장의 높낮

이가 더 중요할 때가 있다. 중국의 '일대일로(一帶一路 육·해상 실크로드)'
와 신(新)중화주의를 꿈꾸는 '중국몽(夢)'에 맞서서는 우리 담장을 높여
단호히 대응해야 한다. 일본의 군국주의 회귀 움직임도 경계해야 한다.
그런 한편으로 교역과 협력의 담은 과감하게 낮춰야 한다.

　담장을 아예 없앨 수는 없다. 담이 너무 높으면 소통이 막히니 서로
높낮이를 맞추는 게 긴요하다. 그런 담장 곁에 있는 경작지에서 서로
존중하며 성장하는 '파종의 시간'이 시작된다. 좋은 담장이 좋은 이웃
을 만드는 것과 같은 원리로 불필요한 담의 높이를 낮출 때 더 좋은 이
웃이 생길 수 있다.

		좋은 담장이 좋은 이웃을 만든다.		
		영국 속담		

담장을 좋아하지 않는 뭔가가 여기 있어,

담 아래 언 땅을 부풀게 하고,

햇살에 녹으면 위쪽 돌들을 무너뜨려,

두 사람도 너끈히 지나갈 틈을 만드는.

사냥꾼들이 낸 틈과는 다르지.

로버트 프로스트의 시 '담장을 고치며' 중에서

때론 마지막 열쇠가
자물쇠를 연다

닻을 올리고 포구를 떠나라!

"앞으로 20년이 지나면 당신이 한 일보다 하지 않은 일들 때문에 더 후회할 것이다. 그러니 닻을 올리고 포구를 떠나라. 당신의 돛에 무역풍을 가득 안고 출발하여 탐험하라. 꿈꾸라. 그리고 발견하라."

『허클베리 핀의 모험』과 『톰 소여의 모험』으로 유명한 소설가 마크 트웨인(1835~1910)의 명언이다. 그는 개척민의 아들로 태어나 11세 때 아버지를 잃고 인쇄소 견습공, 미시시피강 수로안내원, 광부를 거쳐 신문기자와 대문호로 성공한 '미국 문학의 아버지'다. 본명은 새뮤얼 클레멘스이고, 마크 트웨인은 그의 필명이다.

'마크 트웨인'은 뱃사람 용어로 증기선의 안전 항해 수역을 나타내는 수심 두 길(약 3.7m)을 뜻한다. 어린 나이에 미시시피강 증기선의 견습 수로 안내원이 된 그는 뉴올리언스~세인트루이스 구간을 운행하는 증기선을 탔다. 그 증기선의 선장으로부터 강물 속의 암초 등 보이지 않는 장애물을 피하는 법을 자세히 배웠다.

가장 중요한 것은 강의 수심을 정확하게 읽는 능력이었다. 수로안내원은 수심측정수로부터 강물의 깊이를 수시로 보고받았다. 미시시피강의 증기선이 운항하는 데 필요한 안전수심은 3.6미터였다. 이를 해양 용어로 투 패덤(Two fathom)이라고 했다. 1패덤은 6피트(1.8m)다.

갑판 위는 늘 시끄러웠다. 선원들은 엔진 소음으로 시끄러운 배 위에서 "투 패덤"을 줄여서 "트웨인(Twain)"이라고 외치곤 했다. "마크(mark) 트웨인"이라고 하면 "3.6미터 유지"라는 뜻이다.

어릴 때부터 험한 강을 오르내리며 다양한 경험을 쌓고 온갖 인물을 만난 덕분에 그는 작가로서 엄청난 이야깃거리를 온몸으로 체득할 수 있었다. 사람들의 내면 심리와 위선의 이면도 꿰뚫어 볼 수 있었다. 이를 잊지 않기 위해 필명을 마크 트웨인으로 정했다.

미국은 당시 농업국가에서 공업국가로 바뀌는 격변기였다. 상공업이 발달한 북부가 남북전쟁에서 이긴 뒤 산업화가 급속하게 이뤄지던 때이기도 했다. 그는 서부개척 시대에 광산 개발에 참여했다가 빚만 잔뜩 짊어지고 파산했다. 자동식자기 사업 투자도 실패했다. 브래지어 후크 등 많은 발명과 특허를 개발했지만 이 또한 빛을 보지 못했다.

이렇게 연속되는 부침과 흥망 속에서도 그는 삶의 지혜와 통찰을 키웠고 사람의 속마음을 읽는 노하우를 익혔다. 그리고 뛰어난 상상력과 유머, 품격 있는 해학으로 새로운 시대의 문을 열었다.

마크 트웨인 특유의 풍자와 재치는 흉내 낼 사람이 없었다. 그는 인간 본성에 숨은 폭력과 잔학성, 이기심과 어리석음을 기발한 유머로

풀어냈다. 지금도 그의 글을 따라 읽으며 한참 웃다 보면 어느 순간 자신의 우눈함과 부끄러움을 깨닫고 움찔 놀라게 된다.

그는 마침내 "모든 미국 문학은 마크 트웨인의 『허클베리 핀의 모험』에서부터 나온다"(헤밍웨이)는 평가와 함께 "남북전쟁과 서부 개척기의 미국 사회를 최고의 걸작들로 엮어냈다"는 극찬을 받았다.

75세로 세상을 떠날 때까지 늘 새로운 일을 벌이길 좋아한 그는 "나도 실패할까 봐 두려웠지만 항상 포기하지 않고 용기 있게 덤볐다"며 "용기란 두려움을 느끼지 않는 게 아니라 두려움에 맞서 극복하는 것"이라고 강조했다.

자, 앞으로 20년이 지난 뒤 우리는 어떤 일 때문에 후회할지 모른다. 그러니 당장 닻을 올리고 안전한 포구를 떠나자. 대양을 향해 돛을 올리며 탐험하자. 꿈꾸자. 발견하자.

앞으로 20년이 지나면 당신이 한 일보다

하지 않은 일들 때문에 더 후회할 것이다.

그러니 닻을 올리고 포구를 떠나라.

당신의 돛에 무역풍을 가득 안고 출발하여 탐험하라.

꿈꾸라. 그리고 발견하라.

마크 트웨인

나도 실패할까 봐 두려웠지만 항상 포기하지 않고 용기 있게 덤볐다.

용기란 두려움을 느끼지 않는 게 아니라 두려움에 맞서 극복하는 것이다.

마크 트웨인

바람과 파도는
언제나 유능한 뱃사람 편이다

"바람과 파도는 언제나 유능한 뱃사람의 편이다."

『로마제국 쇠망사』를 쓴 영국 역사가 에드워드 기번(1737~1794)의 명언이다. "거친 파도가 유능한 뱃사람을 만든다"는 영국 속담과도 닮았다.

기번은 독신 생활을 하며 26년 간 로마사를 연구한 끝에 필생의 대작을 완성했다. 그가 찾은 로마제국의 강성 비결은 거센 바다의 폭풍우 같은 역경을 이겨낸 응전과 도전의 힘이었다. 로마가 멸망한 것은 이 같은 역경을 극복하지 못했기 때문이다.

돛에 의지했던 범선(帆船) 시절, 뱃사람들이 가장 무서워한 건 무풍지대였다. 맞바람이라도 불면 역풍을 활용해 나아갈 수 있지만 바람이 안 불면 오도 가도 못했다. 바람 한 점 없는 적도 부근이나 북위·남위 25~35도는 '죽음의 바다'였다. 이곳에 갇히면 소설과 영화에 나오듯 선원들이 다 죽고 배는 유령선이 된다.

동력으로 항해하는 기선(汽船) 시대에는 무풍 대신 폭풍과 파도가 가장 큰 적이 됐다. 세계기상기구(WMO)에 기록된 파도의 최고 높이는 29.1미터로, 아파트 10층 규모였다. 영국 해양조사선이 2000년 2월 8일 밤 스코틀랜드 서쪽 250킬로미터 해상에서 관측했다.

파도는 해수면의 강한 바람에서 생긴다. 그래서 풍파(風波)라고 한다. 파도의 가장 높은 곳은 '마루', 가장 낮은 곳은 '골', 마루와 골 사이의 수직 높이는 '파고(波高)'다. '파장(波長)'은 앞 파도 마루와 뒤 파도 마루 사이, 골과 골 사이의 수평 거리를 뜻한다. 뱃사람들은 파고와 파장을 눈으로 재면서 파도가 얼마나 세게 밀려올지 판단한다.

여기에 제대로 대응하지 못하면 배가 부서지고 목숨을 잃는다. 서양인들이 "전쟁에 나가게 되면 한 번 기도하고, 바다에 가게 되면 두 번 기도하라"고 했듯이 바다는 전쟁터보다 더 위험했다. 거친 바다에서 살아남으려면 남다른 능력과 지혜를 겸비해야 했다.

이처럼 바다는 생존과 도전의 무대다. 북대서양과 북해는 유난히 거칠어서 유럽인에게는 한때 '세계의 끝'이었다. 하지만 아일랜드인은 9세기에 이미 아이슬란드를 발견했고, 바이킹은 나침반도 없이 그린란드까지 누볐다.

유럽 변방의 네덜란드와 포르투갈, 스페인은 바다를 정복한 덕분에 세계사의 주역이 됐다. '해가 지지 않는 제국'을 건설한 영국은 산업혁명과 민주주의 종주국이 됐다. 이들이 막대한 금과 향신료를 들여오지 않았다면 유럽의 경제 성장과 벨 에포크 같은 문화 전성기도 늦어지거나 나타나기 어려웠을 것이다.

아메리카 원주민들은 먼 해양으로 나가지 않았다. 유럽인이 도착하기 전까지는 돛을 사용하지도 않았다. 멀고 험한 대양을 탐험할 강력한 동기가 없었다. 결국 외부 힘에 맥없이 무너지면서 도전과 응전의 역사에서 참패하고 말았다.

드넓은 바다는 모험정신의 상징이기도 하다. 호메로스의 『오디세이아』를 비롯해 수많은 고전 명작이 바다와 폭풍과 영웅 이야기를 다뤘다. 영국 계관시인 존 메이스필드도 15세부터 선원 생활을 한 경험을 담아 '바다를 향한 열정'이라는 시를 썼다. '나는 다시 바다로 나가야만 하리'라는 다짐을 반복하는 이 시에서 그는 바다가 부르는 소리를 '거부할 수 없는 명백한 야성의 부름'이라고 표현했다. 그러면서 '갈매기 날고 고래 물 뿜는 곳, 매서운 바람 휘몰아치는 곳'으로 가겠다는 의지를 불태웠다.

역사가들은 "바다에 대한 이런 정열과 모험이 해양강국의 정신적 동력"이라고 말한다. 우리나라처럼 3면이 바다인 미국도 강력한 해상 장악력을 중심으로 세계 최강국이 되었다.

유능한 뱃사람은 엄청난 폭풍과 태풍이 오기 전에 바다가 '우웅' 하고 우는 소리를 먼저 듣는다고 한다. 태풍이 올 때 선원들은 바다가 아니라 선장을 본다. 그만큼 지도자의 역할이 중요하다.

한국 원양산업의 대부 김재철 동원그룹 창업자도 "폭풍이 몰아칠 때 선장 표정에 자신감이 보이면 선원들이 지시를 잘 따르지만 선장이 불안해하면 모두가 동요한다"며 리더의 역할이 얼마나 중요한지 일깨우곤 했다.

나라 안팎으로 거친 풍파가 몰아치는 지금 바다와 바람, 선장의 의미를 되새기며 에드워드 기번이 "바람과 파도는 언제나 유능한 뱃사람의 편"이라고 말한 뜻을 다시금 생각한다.

바람과 파도는 언제나 유능한 뱃사람의 편이다.

에드워드 기번

		거친 파도가 유능한 뱃사람을 만든다.		
		영국 속담		

전쟁에 나가게 되면 한 번 기도하고, 바다에 가게 되면 두 번 기도하라.

서양 속담

폭풍이 몰아칠 때 선장 표정에 자신감이 보이면

선원들이 지시를 잘 따르지만

선장이 불안해하면 모두가 동요한다.

김재철

포기 대신 경험 살리고

더 잘할 방법을 찾았다

"훌륭한 생각을 하는 사람은 많지만, 행동으로 옮기는 사람은 드물다. 나는 포기하지 않았다. 대신 무언가를 할 때마다 그 경험에서 배우고, 다음번에는 더 잘할 수 있는 방법을 찾아냈을 뿐이다."

KFC 매장 입구에서 흰 양복에 지팡이를 걸치고 서 있는 노신사, '커넬 샌더스'라는 별명으로 더 유명한 사람 할랜드 데이비드 샌더스 (1890~1980)의 명언이다.

미국 인디애나에서 태어난 그는 여섯 살 때 아버지가 돌아가시고 어머니가 일하러 나가자 어린 동생들을 돌봐야 했다. 음식 만드는 법을 혼자 익혔고, 열 살 때부터 농장에서 막노동을 했다. 열두 살 때 초등학교를 중퇴해야 했다. 열여섯 살 때는 생계를 위해 나이를 속여 가며 미 육군에 입대했지만 병을 앓는 바람에 넉 달 만에 전역했다. 이후 증기선 선원부터 철도 노동자, 보험 외판원, 주유소 일까지 닥치는 대로 했다.

가난했지만 결혼도 하고 아이도 얻었다. 그러나 대공황의 격랑에 휩쓸려 마흔 살에 빈털터리가 되고 말았다. 믿을 건 어릴 때 익힌 요리 솜씨뿐이었다. 그는 주유소 한 귀퉁이에서 배고픈 여행자들에게 음식을 팔기 시작했다. 테이블 하나에 의자 여섯 개로 시작한 레스토랑은 입소문을 타고 날로 번창했다.

그는 여기서 번 돈으로 큰 모텔을 지었다. 그러나 불이 나 레스토랑과 모텔이 잿더미로 변해버렸다. 그 자리에 레스토랑을 다시 지었지만, 고속도로가 관통하면서 손님이 뚝 끊겼다. 이제 남은 것은 빚더미뿐. 게다가 아들을 잃고 아내에게도 버림받았다. 나이 60에 모든 것을 잃고 극한 상황에 빠진 그는 정신병원 신세까지 졌다.

어느덧 인생의 황혼기. 사회보장기금 105달러를 들고 그는 마지막 희망을 찾아 나섰다. 낡은 트럭에 요리 기구를 싣고 전국을 떠돌며 자신이 개발한 닭고기 조리법을 팔러 다녔다. 굶주림에 시달릴 때는 요리 샘플을 뜯어 먹으면서 끼니를 때웠다. 무려 1008번이나 퇴짜를 맞으며 문전박대를 당하며 그는 실패를 거듭했다.

마침내 1009번째 시도에서 그는 옛 친구의 레스토랑에 치킨 한 조각당 4센트를 받는 조건으로 계약을 맺었다. (그가 퇴짜 맞은 횟수가 600~800회라는 얘기도 있다. 하지만 1000번에 이르는, 최소 수백 번 이상의 실패를 거듭하며 창업에 성공한 특별한 사례인 것은 틀림없다.)

그가 본격적으로 프랜차이즈 레스토랑을 운영하기 시작한 것은 65세 때였다. 레스토랑은 대성공을 이뤘다. 지점이 2년 사이 600여 개로 불어났고, 이후 150여 개국에 2만 개 이상으로 늘어났다.

　이렇게 남다른 끈기와 집념으로 그는 가난한 사람들의 희망이 됐다. 노새를 타고 애팔래치아 산맥의 산골 마을들을 찾아다니며 식자재를 나눠주는 등 빈곤층을 위한 봉사 활동을 했다. 회사 수익금을 교회와 병원, 보이스카우트, 구세군 등에 보내며 외국 고아를 70여 명이나 입양해 보살피기도 했다.

　이렇게 극적인 인생을 산 그는 1980년 급성 백혈병으로 90세에 세상을 떠났다. 장수 비결은 육군 복무 시절 몸에 익힌 규칙적인 생활이라고 한다. 그의 뜻을 이어받은 KFC 기금은 지금도 세계식량기구를 통해 굶주리는 사람들을 돕는 일에 앞장서고 있다.

훌륭한 생각을 하는 사람은 많지만, 행동으로 옮기는 사람은 드물다.

나는 포기하지 않았다. 대신 무언가를 할 때마다 그 경험에서 배우고,

다음번에는 더 잘할 수 있는 방법을 찾아냈을 뿐이다.

할랜드 데이비드 샌더스

양손을 주머니에 넣고는 사다리에 오를 수 없다

아서 밀러(1915~2005)의 명작 『세일즈맨의 죽음』이 초연된 1949년 2월 10일. 그날은 목요일이었다. 뉴욕 브로드웨이 모로스코 극장을 찾은 관객들은 '검은 목요일'로 시작된 대공황(1929~1939)의 상흔을 지니고 있었다. 작가 밀러도 그랬다. 어린 시절 부두 노동자로 일해야 했던 그는 당시의 밑바닥 체험을 윌리 로먼이라는 세일즈맨에게 그대로 투영했다.

나이 든 외판원의 비극을 다룬 이 작품은 공전의 히트를 기록했다. 2년간 742회나 무대에 올랐고 퓰리처상과 연극비평가상 등 굵직한 상을 휩쓸었다. 영화와 TV 드라마로도 수십 차례 제작됐다. 흥행 요소는 "바로 내 얘기"라는 보편적 공감대였다.

주인공 윌리는 대공황 이전까지만 해도 주당 특별수당을 170달러 이상 받을 정도로 잘나가는 세일즈맨이었다. 그러나 공황으로 경제가 망가지자 주택 할부금과 냉장고 월부금, 보험료를 내는 것조차 버거워졌다. 그는 '성실하게 일하면 반드시 성공한다'는 신념을 갖고 두 아들에게도 그렇게 살라고 가르쳤지만 자식들은 기대와 달리 엇나갔고 그는 해고까지 당했다. 아직도 갚아야 할 빚이 많은 63세 세일즈맨….

궁지에 몰린 그는 가족에게 보험금이라도 남기기 위해 '마지막 임무'를 완수하듯 자동차 폭주로 생을 마감하고 말았다. 왜 이렇게 됐을까. 외부 환경 탓도 있겠지만 잘나가던 시절만 생각하고 시대 변화에 적응하지 못한 내부 요인이 더 컸다. 호황기에는 '성실하게, 열심히' 하는 것만으로도 문제가 없었다. 그러나 불황기에는 '남다르게, 효율적으로' 해야만 살아남을 수 있다.

대공황 중에 태어난 '전설의 세일즈맨' 빌 포터는 뇌성마비와 언어장애를 겪으면서도 남다른 전략으로 난관을 극복했다. 그에게는 멀쩡한 두 다리가 있었다. 하루 여덟 시간씩 15킬로미터를 돌며 100곳 이상의 집을 찾아다닌 덕분에 그는 그 지역 판매왕이 됐다. 교통사고로 엉덩이뼈가 부러졌을 땐 집에서 전화 판매를 시작해 더 많은 실적을 올렸다.

그보다 열두 살 많은 랠프 로버츠는 고교 졸업 선물 900달러로 부동산 영업을 시작해 연간 600채의 주택을 판매했다. 그가 정립한 '랠프의 법칙' 중 하나는 '모든 사람에게 내가 무슨 일을 하는지 적극적으로 알려라'다. 그는 식당과 주차장, 버스에서 만나는 사람마다 명함을 나눠주며 자신의 일을 알렸다.

어느 날엔 야구 보러 갔다가 관중 1000명에게 명함을 나눠줬다. 그는 남들이 상품 홍보에 열을 올리는 것과 반대로 행동했다. 시간의 90퍼센트를 고객의 관심 사항에 할애하고, 상품 세부 설명에는 10퍼센트만 썼다. 그러면서 물건이 아니라 꿈을 파는 데 집중했다.

또 다른 세일즈 거장 엘머 휠러의 전략도 놀라웠다. 그는 "스테이크를 팔지 말고, 지글지글 익는 소리(sizzle)를 팔아라"고 강조했다. 상상력과 입맛을 동시에 자극한 것이다. 이를 토대로 "양손을 주머니에 넣고서는 성공의 사다리에 오를 수 없다"는 명언을 남겼다.

기네스북에 오른 '자동차 판매왕' 조 지라드가 15년간 하루 6대씩 1만 3001대를 판 비결도 이와 같다. 그는 장례식장에서 고인의 생전 사진을 250여 명의 조문객에게 나눠주는 것을 눈여겨보고 '250명 법칙'을 창안했다. 한 명의 마음을 제대로 건드리면 250명을 저절로 얻는다는 것이다.

이런 원리는 '세일즈맨'을 '샐러리맨'으로 바꿔도 똑같이 적용된다. 세계적인 투자전문가 보도 섀퍼는 책상 위에 오리 모형을 올려놓고 일한다. '오리의 함정'에 빠지지 않기 위해서다. 그에 따르면 직원들의 업무 자세는 '오리 유형'과 '독수리 유형'으로 대별된다. 오리형은 뭐든지 수동적이고 부정적인 생각과 핑곗거리를 찾느라 꽥꽥거린다. 독수리형은 매사에 적극적이고 긍정적인 사고로 해결책을 찾는 데 몰입한다.

시간이 지나면 둘의 차이가 명확해진다. 독수리형은 책임과 권한의 봉우리를 넘나들며 창공으로 날고, 오리형은 책임 회피와 남 탓에 자신의 권한까지 잃은 채 작은 연못에 갇힌다.

창업에 성공한 사람도 대부분 독수리형에 속한다. 타성에 젖어 늘 하던 대로 하면 생산성이 점점 낮아지고, 남다른 아이디어로 혁신을 꾀하면 효율성이 더욱 높아진다. 여기에 젊고 참신한 상상력과 창의력으로 새로운 영역을 개척하면서 오랜 경륜과 지혜의 늘품까지 활용한다면 금상첨화다.

지금 우리는 어떤 자세와 전략으로 불황과 맞서고 있는가. 안으로는 청년 취업난과 노년 빈곤의 두 덫에 걸려 있고, 밖으로는 전쟁과 인플레이션의 압력에 직면해 있다. 모래주머니를 두 다리에 차고 뛰는 모양새다. 그나마 윌리처럼 63세까지 노동할 수 있는 민간 직장도 거의 없다. 자녀가 취업하지 못한 상태에서 부모마저 일자리를 잃으면 가정 경제는 급속도로 무너진다. '연금 공백'과 '노후 궁핍'에 시달리다 다시 생활 전선에 내몰리는 70대 고령 인구 비율이 경제협력개발기구(OECD) 중 가장 높은 게 현실이다.

『세일즈맨의 죽음』을 쓴 아서 밀러는 89세까지 살았다. 그가 세상을 떠난 날은 2005년 2월 10일. 공교롭게 연극 초연 날짜와 같았다. 이날도 목요일이었다. 때론 어둡기도 하고 화창하기도 한 목요일의 명암을 인생의 날씨에 비유하면 어떤 색일까. 누구에게나 똑같이 주어진 요일이지만, 오리형과 독수리형이 칠하는 색깔이 똑같을 순 없으리라.

더구나 인생 달력에서 목요일은 후반생의 막바지 요일이다. 젊고 화려한 월·화·수요일 지나 금요일 하루만 남겨놓은 시기. 이 또한 어떤 자세로 대하느냐에 따라 남은 생이 달라질 것이다.

모든 사람에게 내가 무슨 일을 하는지 적극적으로 알려라.

랠프 로버츠

스테이크를 팔지 말고, 지글지글 익는 소리(sizzle)를 팔아라.

엘머 휠러

양손을 주머니에 넣고서는 성공의 사다리에 오를 수 없다.

엘머 휠러

때론 마지막 열쇠가 자물쇠를 연다

"절망하지 마라. 종종 열쇠 꾸러미의 마지막 열쇠가 자물쇠를 연다."

18세기 영국 정치사상가 필립 체스터필드(1694~1773)가 아들에게 들려준 교훈이다. 옛날에는 여러 개의 열쇠를 한 꾸러미에 엮어서 다니다 하나씩 자물쇠 구멍에 맞추곤 했다. 개중에는 마지막에야 열리는 경우도 있었다. 그러니 무슨 일이든 포기하지 말라는 의미다.

베네수엘라의 다이아몬드 채집꾼 이야기도 이와 비슷하다. 마른 강바닥에서 다이아몬드가 섞였을지 모르는 조약돌을 수없이 집어 들었다 내려놓던 그는 마지막 순간에 포기하려다 한 번 더 돌을 집었다. 그 순간 눈이 휘둥그레졌다. 유난히 묵직한 그 돌은 크고 순도 높은 다이아몬드 원석이었다.

최고의 보석인 다이아몬드는 탄소 원소로 구성돼 있다. 연필심에 쓰이는 흑연도 그렇다. 오랜 세월 땅속에서 높은 압력을 견디면 다이아몬드가 되고, 그렇지 못하면 흑연이 된다. 역경을 이겨야 보석이 되는 것이다.

포기하지 않고 절망을 이긴 사람에게는 새로운 문이 열린다. 『실낙원』의 작가 존 밀턴은 44세에 시력을 잃었다. 청교도 혁명을 지지했던 그는 반대파로부터 처형 직전의 위기에 몰렸다. 하지만 눈이 먼 상태에서도 좌절하지 않고 딸들에게 원고를 구술해 『실낙원』과 『복낙원』 『투사 삼손』 등의 걸작을 남겼다.

올해도 다들 어렵다고 한다. 경기 침체와 정치권의 편싸움까지 겹쳐 온 나라가 힘겨워하고 있다. 한창 일해야 할 나이에 직장을 잃은 가장과 가게 문을 닫아야 했던 자영업자들의 고통은 이루 헤아릴 수 없을 정도다. 입시에 실패하거나 일자리를 구하지 못한 젊은이들의 어깨는 얼마나 무거웠을까.

그러나 우리에게는 '내일'이 있다. 포기하지 말자. 어둠의 그림자가 짙어도 두려워하지 말자. 그림자는 빛이 어딘가 가까운 곳에서 비추고 있다는 것을 의미한다. 『변신』의 작가 프란츠 카프카도 "이미 일이 끝장난 듯싶지만 결국은 또다시 새로운 힘이 생기게 된다"며 우리를 격려했다.

행여 닫힌 문을 멍하니 바라보다 우리를 향해 열린 문을 보지 못하는 것도 경계하자. 생각의 그릇에 따라 희망의 크기가 달라진다. 혹한의 세밑에도 봄을 위해 씨앗을 준비하는 자세로 새해를 맞이하자. 우리에겐 아직 마지막 열쇠가 남아 있지 않은가.

절망하지 마라. 종종 열쇠 꾸러미의 마지막 열쇠가 자물쇠를 연다.

필립 체스터필드

어둠의 그림자가 짙어도 두려워하지 말자.

그림자는 빛이 어딘가 가까운 곳에서 비추고 있다는 것을 의미한다.

고두현

이미 일이 끝장난 듯싶지만 결국은 또다시 새로운 힘이 생기게 된다.

프란츠 카프카

사막을 건너는 데는
작은 걸음 수백만 번이 필요하다

"사막을 횡단하는 것은 단숨에 되지 않는다. 사막을 횡단하려면 작은 걸음 수백만 번이 필요하다. 그리고 한 걸음 한 걸음이 길의 한 부분이 되고, 경험의 일부가 된다."

세계적인 등반가이자 모험가인 라인홀트 메스너(1944~)가 『내 안의 사막, 고비를 건너다』라는 책에서 한 말이다.

그는 인류 최초로 히말라야의 8000미터급 14봉을 완등한 인물. 열다섯 살 때 돌로미테산의 수직 암벽들을 누볐고, 스물다섯 살에는 낭가파르바트산의 루팔 벽을 올랐다. 서른다섯에는 단독으로 산소마스크도 없이 에베레스트산 정상에 올랐으며, 마흔다섯엔 남극지방의 한가운데를 밟았다.

동상으로 발가락과 손가락을 거의 다 잃은 그는 60세 되던 해에 고비사막 횡단에 나섰다. 전인미답의 극지를 누비던 그가 유럽의회 의원으로 5년간 '혹사'당한 뒤 자신을 추스르기 위해 떠난 '사막 걷기' 여행이었다.

시간마저 멈춘 듯한 그 공(空)의 한가운데에서 삶의 짐을 내려놓고 자신으로부터 온전히 자유로워지는 순간, 그는 진정한 내면의 소리를 듣고 아름답게 나이 들어 가는 것의 의미를 깨달았다.

우리는 "살다 보면 누구나 에베레스트보다 더 높은 생의 고비를 만난다"는 그의 성찰과 함께 인생의 사막을 건너는 법을 찬찬히 생각해 볼 수 있다.

2004년 5월, 그는 배낭과 물통, 위성항법장치가 내장된 시계만 지닌 채 동고비 사막의 바얀트우카를 출발했다. 유목민들의 천막집을 전전하면서 목동 생활을 하는 유목민의 도움만으로 텅 빈 고비사막을 걸어서 가로질렀다. 고비사막 횡단이라는 힘겨운 행군은 삶의 무게로부터 벗어나 자신을 마주하는 경험이자 잘 늙어 가는 방법을 깨닫는 성찰의 시간이었다.

"나는 편안히 내 삶에 안주할 수 있었다. 그러나 나는 나이 드는 법을, 살아가는 법을 배우고 싶었다. 삶으로부터 멀리 떨어져서 내 삶을 들여다보고 싶었다. 내 마음속의 사막 한가운데서 멈추지 않고, 반짝이는 오아시스를 향해 행군하고 싶었다."

그가 본 사막은 어디나 똑같은 모습이었다. 너무나 고요해서 '물을 마시거나 귀를 기울이기 위해 멈출 때마다 그 소리에 화들짝 놀랄' 정도였다. "이 사막의 정적과 광활함이 모든 시간을 없애는 것 같았다. 그곳에는 눈에 보이지 않고 오직 들을 수만 있는 움직임이 도처에 있었다. 모래가 흘러내리는 소리가 들렸다. 돌들 사이에서 산들바람이 부는 소리를 들을 수 있었다."

그는 사막을 건너면서 자기 안에 있는 마음의 사막을 함께 들여다보는 경험을 했다. 아무것도 없는 무(無)의 세계, 모래알 사이에서 들리는 바람 소리, 시간마저 잃어버린 텅 빈 공간… 그곳에서 그는 사막의 '비어 있음'이 주는 평안함에 감탄하고 무한한 정적 속에서 참된 쉼을 얻었다.

이 신비로운 사막 여행에서 새로운 관점을 체득한 그는 "사막은 가장 멀리 떨어져 있는 미래를 들여다볼 수 있는 창문 같았다"고 표현했다. 또 "내 안에 있는 사막도 함께 들여다볼 수 있을 것 같았다"고 했다.

"이런 생각은 어쩌면 늙어 가는 것과 관계가 있을지 모른다. 하지만 내 안의 사막 언저리에서는 어느덧 인간이 더 이상 거주하지 않는 세계에 대한 예감이 자라나고 있었다. 내면의 황폐화에 대한 두려움도 생겼다. 사막은 소멸을 미리 조금 맛볼 수 있는 곳이었다. 아무것도 없는 무(無)라는 고향으로 넘어가는 단계였다."

이럴 때 유목민의 존재는 또 다른 의미를 발견하게 해주는 '생각의 창'이다. 그는 사막의 유목민을 '정적과 어둠과 텅 빈 공간에서 활기를 띠는 유령 같은 존재'라고 표현했다. 그들은 우물에서 물을 길을 때 하늘을 쳐다보았다. 신과 같은 높은 존재들에게 공물을 바치는 의미로 처음 뜬 물 한 바가지를 쏟아 부었다. 고갯길을 넘어갈 때는 돌 조각을 쌓아 올리고, 저녁에 천막집 앞에 앉아서는 먼 곳을 바라보았다.

그의 발자국을 따라 떠난 사막 여행의 한복판에서 나는 그가 얼마나 절대적인 고독에 직면했을지를 생각했다. 가장 순전하고 막막하고 깊고 배타적인 외로움의 극점을 그는 어떻게 극복했을까. 문득, 오르텅스 블루의 시 '사막'이 떠올랐다.

'그 사막에서 그는 / 너무도 외로워 / 때로는 뒷걸음질로 걸었다. / 자기 앞에 찍힌 / 발자국을 보려고.'

사막을 횡단하는 것은 단숨에 되지 않는다. 사막을 횡단하려면

작은 걸음 수백만 번이 필요하다. 그리고 한 걸음 한 걸음이

길의 한 부분이 되고, 경험의 일부가 된다.

라인홀트 메스너

살다 보면 누구나 에베레스트보다 더 높은 생의 고비를 만난다.

라인홀트 메스너

나는 편안히 내 삶에 안주할 수 있었다.

그러나 나는 나이 드는 법을, 살아가는 법을 배우고 싶었다.

삶으로부터 멀리 떨어져서 내 삶을 들여다보고 싶었다.

내 마음속의 사막 한가운데서 멈추지 않고,

반짝이는 오아시스를 향해 행군하고 싶었다.

라인홀트 메스너

사막은 가장 멀리 떨어져 있는 미래를 들여다볼 수 있는 창문 같다.

라인홀트 메스너

그 사막에서 그는

너무도 외로워

때로는 뒷걸음질로 걸었다.

자기 앞에 찍힌

발자국을 보려고.

오르텅스 블루의 시 '사막'

적을 잡으려면 먼저 왕을 잡아야 한다

"사람을 쏘려면 먼저 말을 쏘아야 하고, 적을 잡으려면 먼저 왕을 잡아야 한다."

당나라 시인 두보(杜甫, 712~770)의 시 '전장에 나아가며(前出塞) · 6' 에 나오는 구절이다. 두보는 '출새(出塞)'라는 제목의 시를 아홉 수 짓고 나서 후에 다섯 수를 더 지었다. 여기에 '전출새(前出塞)'와 '후출새(後出塞)'라는 제목을 붙였다. '전장에 나아가며(前出塞) · 6'의 원문은 이렇다.

활을 당기려면 강궁을 당겨야 하고
화살을 쓰려면 긴 것을 써야 하느니
사람을 쏘려면 먼저 말을 쏘아야 하고
적을 잡으려면 먼저 왕을 잡아야 한다.
사람을 죽이는 데도 한계가 있고

나라를 세움에도 경계가 있는 법.

능히 적의 침략을 막을 수 있다면

어찌 그리 많은 살상이 필요한가.

'전출새'는 토번(吐蕃 지금의 티베트) 정벌 등 당 현종의 영토 확장 전쟁을 풍자한 시다. 적을 잡으려면 먼저 왕을 잡아야 한다는 게 핵심 주제인데, 그만큼 애꿎은 병사와 백성의 목숨을 살리고 전쟁의 피해를 줄이자는 내용을 담고 있다.

이른바 '금적금왕(擒賊擒王 적을 잡으려면 우두머리부터 잡아라)'은 병법 삼십육계의 공전계(攻戰計) 제18계에도 등장한다. 『신당서(新唐書)』 '장순전(張巡傳)'에 나온다.

장순이 안록산의 반란군에 맞서 수양성을 지킬 때였다. 적장 윤자기(尹子琦)는 13만 대군으로 성을 포위했다. 장순의 군사는 고작 7000여 명. 군량마저 바닥나 성이 함락될 위기에 놓였다.

장순이 병서의 '금적금왕'을 떠올렸지만 사정이 여의치 않았고, 수많은 적 가운데 적장을 찾는 게 어려웠다. 그래서 묘책을 냈다. 그는 부하들에게 쑥대와 볏짚으로 '가짜 화살'을 만들어 적에게 쏘게 했다. 화살을 맞은 적들은 어리둥절했다. 건초 화살을 집어든 적군 병사가 누군가에게 달려가더니 무릎을 꿇고 화살을 바쳤다.

이 모습을 본 장순은 "바로 저 체격 큰 사람이 적장이다"라며 집중 사격을 명했다. 숨어 있던 사수들이 일제히 진짜 화살을 쏘았다. 그 가운데 한 대가 윤자기의 왼쪽 눈에 꽂혔다. 장수가 쓰러지자 적들은 혼비백산했고, 장순은 곧바로 남은 병력을 이끌고 달려 나가 오합지졸들을 일순에 쓸어버렸다. 적장 한 명을 잡아 13만 대군을 와해시킨 것이다.

이보다 1년 전 옹구성 전투에서도 장순의 지혜는 빛났다. 1000여 명으로 반란군 수만 명과 맞선 상황. 두 달간 300여 차례의 공격을 막느라 갑옷을 벗지 못하고 밥도 제대로 먹지 못할 지경이었다.

급기야 화살이 바닥나고 말았다. 고민하던 장순은 볏짚 인형을 많이 만들어 한밤중 성벽으로 내려 보냈다. 마치 검은 옷을 입은 군사들이 새카맣게 내려오는 것처럼 보이게 했다. 적장은 야습이라고 생각해 성벽을 향해 일제히 화살을 퍼붓도록 명령했다. 날이 밝은 뒤에야 사람이 아니라 허수아비라는 걸 알게 됐다.

장순의 군사들은 인형의 등에 무수히 박힌 화살을 뽑아 '실탄'을 확보했다. 며칠 뒤 심야에 장순이 또 허수아비들을 성 아래로 내려 보내는 걸 본 적장은 "더 이상 속지 않는다"며 거들떠보지도 않았다.

그러나 이번에는 허수아비가 아니었다. 장순이 보낸 특공대였다. 아무런 경계도 하지 않던 반란군은 이 기습작전으로 맥없이 무너졌다. 적장을 잡지 않고 눈을 속이는 것만으로도 수만 대군을 물리친 것이다. 이 또한 대규모 살상을 피하고 이룬 승리였으니 '금적금왕'의 절묘한 사례라고 할 수 있다.

이 교훈은 옛 군사 전략뿐 아니라 현대 경영학, 정치사회학, 인생

여정에 두루 활용할 수 있다. 오래전 역사에서 새로운 영감을 얻는 온고지신, 법고창신의 사례는 지금 우리 주변에서도 얼마든지 찾을 수 있다.

활을 당기려면 강궁을 당겨야 하고

화살을 쏘려면 긴 것을 써야 하느니

사람을 쏘려면 먼저 말을 쏘아야 하고

적을 잡으려면 먼저 왕을 잡아야 한다.

사람을 죽이는 데도 한계가 있고

나라를 세움에도 경계가 있는 법.

능히 적의 침략을 막을 수 있다면

어찌 그리 많은 살상이 필요한가.

두보의 시 '전출새'

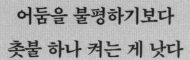

어둠을 불평하기보다
촛불 하나 켜는 게 낫다

인생은 겸손을 배우는 긴 수업 시간이다

"인생은 겸손을 배우는 긴 수업 시간이다." 소설 『피터 팬』의 작가 제임스 매슈 배리(1860~1937)가 한 말이다. 그의 문학적 성취도 '겸손의 토양'에서 나왔다. 그는 낮은 자세로 겸손을 체득한 사람만이 인생의 토양에서 성공의 싹을 틔울 수 있다는 것을 삶과 작품으로 보여줬다.

겸손은 사람됨의 근본이다. 글자에 담긴 뜻부터 그렇다. 한자로 겸손할 겸(謙)은 말씀 언(言)과 겸할 겸(兼)을 결합한 글자다. 겸(兼)은 벼 다발을 손에 쥐고 있는 형상으로 '아우르다' '포용하다'라는 뜻을 갖고 있다. 인격과 소양을 두루 갖춘 사람은 자신을 낮추고 말을 공손하게 하는 법이다. 겸손할 손(遜)은 '후손에 전하다'의 뜻을 함께 지녔으니 대를 잇는 가르침을 의미한다.

영어 단어 겸손(humility)의 어원은 흙을 뜻하는 라틴어 후무스 (humus)다. 흙 중에서도 영양분과 유기질이 많은 부식토다. 사람 (human)이라는 단어도 흙에서 유래했다. 겸손은 흙에서 나온 사람을 성장시키는 토양이다.

겸손의 반대어인 교만(驕慢)은 잘난 체하고 뽐내며 건방지다는 말이다. 교만할 교(驕)는 말 마(馬)와 높을 교(喬)로 이뤄져 있다. 말을 높이 타고 아래를 얕잡아본다는 의미다. 병법에서도 교병필패(驕兵必敗)라고 해서 교만한 병사는 적에게 반드시 패한다.

거만할 만(慢)은 마음 심(心)과 '손으로 눈을 벌려 치켜뜬' 모습의 끌 만(曼)을 합친 것으로, 눈을 부라리는 태도를 가리킨다. 영어 거만 (haughtiness)이 프랑스어 '높은(haut)'에서 왔고, 라틴어 어원도 '높은 (altus)'이니 겸손과 상반된다.

그러고 보니 성공(success)이란 말도 '흙을 뚫고 나온다'는 뜻의 라틴어 수케데레(succedere)에서 왔다. 흙에서 씨앗이 뚫고 나오는 것이 곧 성공이다. 겸손의 땅에 뿌린 씨앗이 더 잘 자란다.

조선 명재상 황희(黃喜 1363~1452)는 세종 때 영의정 18년, 좌의정 5년, 우의정 1년을 합쳐 24년간 정승을 지냈다. 장수 비결은 뛰어난 능력과 겸손의 덕이었다. 그는 나이가 들고 지위가 높아질수록 몸을 낮췄다. 관노였던 장영실을 과학자로 관직에 올리고, 노비의 아이가 수염을 잡아당겨도 마음 좋게 웃어 '허허 정승'이라는 별명을 얻었다.

딱 한 사람, 6진 개척과 여진족 정벌에 앞장선 김종서에게만 예외였다. 북방에서 복귀한 김종서가 뻐딱한 자세로 앉아 있는 걸 보고는 "저놈 의자 다리가 한쪽 망가진 모양이니 고쳐줘라"고 따끔하게 혼냈다. 자기 뒤를 이을 재목으로 점찍은 김종서에게 겸손을 가르치려고 일부러 엄하게 대한 것이다.

황희와 함께 조선 명재상 '투톱'으로 꼽히는 맹사성(孟思誠·1360~1438)도 겸손이 몸에 밴 사람이었다. 그는 벼슬이 낮은 사람이 찾아와도 공복을 갖추고 대문 밖에 나가 맞아들이고 돌아갈 때도 손님이 말을 탄 뒤에야 들어왔다. 이런 자세는 젊은 시절 한 고승에게 배운 것이다.

그는 고승에게 목민관의 도리를 물었다가 "나쁜 일 말고 착한 일만 하라"는 말을 듣고 헛웃음을 지었다. 이에 고승은 찻잔 가득 넘치도록 차를 따랐다. 그가 놀라 잔이 넘친다고 하자 "찻잔이 넘쳐 바닥을 적시는 것은 알면서 지식이 넘쳐 인품을 망치는 것은 어찌 모르십니까?"라고 했다. 당황한 그가 황급히 일어서다 문틀에 부딪혔다. 그러자 고승이 "고개를 숙이면 부딪히는 법이 없지요"라고 했다.

예나 지금이나 리더의 덕목 중 가장 근본이 되는 것이 겸손이다. 미국 경영학자 짐 콜린스도 "위대한 정치가와 최고경영자들은 아주 겸손하다"고 말했다.

인생은 겸손을 배우는 긴 수업 시간이다.

제임스 매슈 배리

찻잔이 넘쳐 바닥을 적시는 것은 알면서

지식이 넘쳐 인품을 망치는 것은 어찌 모르십니까?

맹사성의 고승 일화

고개를 숙이면 부딪히는 법이 없지요.

맹사성의 고승 일화

위대한 정치가와 최고경영자들은 아주 겸손하다.

짐 콜린스

인생은 짧고, 예술은 길다

"인생은 짧고, 예술은 길다." 짧은 문장이지만 여운이 긴 명언이다. 고대 그리스 의학자 히포크라테스(BC 460?~BC 377?)가 기원전 400년 께 남긴 말이니 역사가 2400년이 넘는다. 이 말은 그의 『잠언집』 첫머리에 실려 있다. 당시에는 '예술'이 오늘날의 예술과 의술, 각종 기술을 아우르는 용어였다.

그리스어 원문에 "인생은 짧고, 테크네(techne)는 멀며, 기회는 순식간에 지나가고, 경험은 불완전하며, 판단은 어렵다. 따라서 의사는 스스로 옳은 일을 할 뿐만 아니라 환자와 수행원, 외부인 모두가 협조하도록 준비해야 한다"고 적혀 있다.

앞뒤 문맥상 '테크네'는 '의술'을 뜻한다. '우리 인생은 짧은데, 의술을 배우고 익히는 데는 오랜 시간이 걸린다'는 의미다. 이때의 테크네가 라틴어 아르스(ars), 영어 아트(art)로 번역됐다.

이 명언을 널리 알린 사람은 따로 있다. 고대 로마 철학자 세네카(루

키우스 안나이우스 세네카)다. 그가 저서 『인생의 짧음에 관하여』에서 "히포크라테스도 '인생은 짧고 예술은 길다(Vita brevis, ars longa)'며 인생의 짧음을 얘기했다"고 언급한 뒤 유명해졌다.

여기에 쓰인 아르스(ars)와 영어 단어 아트(art)는 '예술'뿐 아니라 '(모든 종류의) 기술'이라는 의미를 갖고 있다. 아트(art)가 광범위한 기예(技藝)에서 순수예술을 뜻하는 것으로 세분화된 건 18세기 미술(fine arts)의 개념이 정립된 이후다.

한때 이 명언 속 '예술'이 작품의 영원성을 뜻하는 것으로만 쓰이기도 했지만 '예술'의 뿌리는 이렇게 깊고 넓다. 19세기 시인 헨리 워즈워스 롱펠로 역시 '인생 찬가'에서 '예술은 길고, 시간은 덧없이 빠르다(Art is long, and Time is fleeting)'고 했다. 할 일은 많은데 삶은 짧다는 것이다.

세네카도 "배움에는 평생이 걸린다"며 "어느 날 갑자기 찾아오는 인생의 마지막 날까지 배우기를 게을리하지 말라"고 했다. 그러니 '인생은 짧고, 예술은 길다'는 명언을 거울에 비춰 보면 '인생은 짧고 배움은 길다'는 문장이 나타나지 않을까 싶다.

흥미롭게도 이 명언을 거꾸로 뒤집은 사람이 있다. 세계적인 비디오 아티스트 백남준이 어느 날 가야금 명인 황병기를 만난 자리에서 "예술은 짧고, 인생은 길다"고 말했다. 하루가 다르게 바뀌는 첨단기술 매체의 '광속(光速)'이 인간의 삶만큼이나 덧없음을 갈파한 것이었으리라.

하긴 과학과 기술의 수명 주기는 날로 짧아지고 있다. 반면 인간의

수명은 갈수록 늘어나고 있다. 길고 짧은 기준이 달라지고 있다. '예술'
과 '인생'의 삿대가 바뀌는 시대를 살아가려면 2400년 전의 교훈과 함
께 젊은 역발상의 지혜까지 체득해야 할 것 같다.

인생은 짧고, 예술은 길다.

히포크라테스

인생은 짧고, 테크네(techne)는 멀며, 기회는 순식간에 지나가고,

경험은 불완전하며, 판단은 어렵다.

따라서 의사는 스스로 옳은 일을 할 뿐만 아니라 환자와 수행원,

외부인 모두가 협조하도록 준비해야 한다.

히포크라테스

예술은 길고, 시간은 덧없이 빠르다.

롱펠로의 시 '인생 찬가' 중에서

				배움에는	평생이	걸린다.					
					세네카						

172

어느 날 갑자기 찾아오는 인생의 마지막 날까지

배우기를 게을리하지 말라.

세네카

시궁창 속에서도 누군가는 별을 본다

"우리는 모두 시궁창 속에 있지만, 우리 중 어떤 사람은 별을 보고 있다."

아일랜드 출신의 영국 시인이자 극작가 오스카 와일드(1854~1900)의 어록 중 가장 유명한 말이다. 원래는 『윈더미어 부인의 부채』라는 희곡에 나오는 달링턴 경의 대사다. 작가 사후 100주년을 앞두고 1998년 런던 중심가의 트라팔가 광장에 세워진 동상에 적혀 있다.

별은 어둠을 먹고 자란다. 정진규 시인은 '별'이라는 시에서 '별들의 바탕은 어둠이 마땅하다'고 노래했다. 그리고 '지금 대낮인 사람들은 / 별들이 보이지 않는다 / 지금 어둠인 사람들에게만 / 별들이 보인다'고 했다. 별은 어둠이 깊을수록 더욱 빛난다는 의미다.

별들의 바탕인 우주는 실제로 어둡다. 광대한 우주 공간의 95퍼센트 이상이 암흑에너지와 암흑물질로 이뤄져 있다. 우리가 관측할 수 있는 보통의 물질은 4퍼센트에 불과하다. 그중에서도 지구와 태양 등

'우리은하'를 구성하고 있는 물질은 전체 에너지의 0.4퍼센트밖에 안 된다. '천자문'도 첫 문장에서 '하늘(天)은 검고(玄) 땅(地)은 누르다(黃)'고 했다.

모든 천체를 아우르는 우주(宇宙)는 넓고 커서 끝이 없다. 한자로 '집 우(宇)'는 지붕과 처마처럼 넓고 큰 공간의 확대, '집 주(宙)'는 집의 기둥처럼 하늘과 땅을 떠받치는 시간의 격차를 뜻한다. 이 시간과 공간을 포함해 천지간의 모든 것을 나타내는 말이 곧 우주(space, the universe, the cosmos)다. 아인슈타인의 상대성 원리에 따르면 시간과 공간은 늘어났다 줄어들었다 한다. 이런 시공간의 변화가 캄캄한 어둠 속에서 일어난다니 놀라운 일이다.

암흑의 시작과 끝은 어디일까. 별은 그 입구와 출구를 어떻게 비출까. 나희덕 시인의 '어둠이 아직'이라는 시를 보면 '별은 어둠의 문을 여는 손잡이 / 별은 어둠의 망토에 달린 단추'다. 나아가 '어둠의 거미줄에 맺힌 밤이슬'이자 '어둠의 노래를 들려주는 입술'이다.

'별의 입술'이 '어둠의 노래'를 불러줄 때, 우리 머리 위로 빛나는 별 똥별이 스쳐 지나가기도 한다. 알퐁스 도데의 소설 『별』에 나오는 장면. 주인집 아가씨가 유성(流星)을 보며 "저게 뭘까?" 하고 묻자 목동은 "천국으로 들어가는 영혼"이라고 대답한다. 그다음에 이 소설의 결말이자 백미인 명문장이 나온다.

'몇 번이나 나는 마음속으로 중얼거렸다. 저 수많은 별 중에서 가장 귀하고 가장 빛나는 별 하나가 길을 잃었노라고. 그리고 그 별은 내 어

깨 위에 내려앉아 고이 잠들어 있노라고.'

이럴 때 별은 세상에서 가장 성스럽고 순정한 '영혼의 빛'이다. 우리가 이 명구에 밑줄을 긋는 것은 이토록 순수한 아름다움을 오래 기억하고 싶기 때문이다.

윤동주의 '별 헤는 밤'은 어떤가. 그는 '별 하나'에 추억과 사랑과 쓸쓸함과 동경과 시 등의 '아름다운 말 한마디씩'을 새겨보다가 마침내 '어머니, 어머니' 하고 사무치는 이름을 연거푸 부른다. 그러나 이들은 '별이 아스라이 멀 듯이' 너무 멀리 있어 '가슴 속에 하나둘' 새겨둘 수밖에 없는 외로운 이름이다.

윤동주가 '서시'에서 '오늘 밤에도 별이 바람에 스치운다'고 할 때 우리는 어젯밤과 내일 밤에도 별이 바람에 스치울 것을 안다. '잎새에 이는 바람에도' 괴로워하던 그가 '별을 노래하는 마음으로/ 모든 죽어가는 것을 사랑해야지'라며 자신을 추스를 때 우리 또한 궁극의 희망을 준비한다. 그러므로 별들의 바탕은 어둠이 마땅하다. 어둠이 깊을수록 꿈의 질량도 그만큼 늘어난다.

빈센트 반 고흐는 별을 많이 그렸다. 1888년 남프랑스 아를에서 그린 '밤의 카페 테라스'에 여러 개의 별이 보인다. 짙은 코발트블루 하늘에 박힌 별들은 얼핏 물병자리 같지만, 천문학자들에 따르면 전갈자리다. 찰스 휘트니 하버드대 교수는 "그해 9월 고흐가 바라본 남서쪽 방향에 전갈자리가 있었고, 그 시점은 저녁 7시 15분 무렵"이라고 말했다.

같은 해 작품인 '론강의 별이 빛나는 밤'에는 국자 모양의 북두칠성과 뭇별이 소용돌이처럼 그려져 있다. 당시 고흐는 동생 테오에게 쓴 편지에서 "이 강변에 앉을 때마다 목 밑까지 출렁거리는 별빛의 흐름을 느낀다"며 "별은 심장처럼 파닥거리며 계속 빛나고, 캔버스에서 별빛 터지는 소리가 들린다"고 했다. 여기에 "별이 반짝이는 밤하늘은 늘 나를 꿈꾸게 한다"고 덧붙였다.

이듬해 생 레미 요양원에서 그린 '별이 빛나는 밤'에도 굽이치는 별무리가 등장한다. 은하수 사이에서 작은 운석들이 회오리치는 현상을 묘사한 듯하다. 그중 유난히 밝은 샛별(금성)이 보인다. 그 옆에는 죽음을 상징하는 사이프러스 나무가 어둡게 채색돼 있다. 이 장면을 그린 시간은 6월 중하순 새벽 3~4시라고 한다.

그가 이토록 별에 매료된 이유는 무엇일까. 1888~1889년은 생을 마감하기 1~2년 전, 정신질환에 시달리던 시기였다. 가난 속에서 화가들의 공동체를 만들고자 애썼지만 실패하고 고갱과 불화가 깊어지던 때이기도 했다. 결국 고갱과 다투고 귀를 자른 그는 스스로 정신병원을 찾아가 입원했다. 그야말로 가장 어둡고 고통스러운 때였다. 이런 심리 상태를 보여주듯, 그림 속의 별들은 짙푸른 어둠 속에서 미친 듯 소용돌이치고 있다.

이 모든 이치를 일찍 꿰뚫은 오스카 와일드가 "우리 모두 시궁창에 살고 있지만 우리 중 몇몇은 별을 보고 있다"는 명언을 남겼다. 창세기의 아브라함도 밤하늘에 반짝이는 무수한 별을 헤아리며 언약의 꿈을 키웠다. 이렇듯 우리에게 별은 희망과 꿈의 총합이다.

우리는 모두 시궁창 속에 있지만,

우리 중 어떤 사람은 별을 보고 있다.

오스카 와일드

이 강변에 앉을 때마다 목 밑까지 출렁거리는 별빛의 흐름을 느낀다.

별은 심장처럼 파닥거리며 계속 빛나고,

캔버스에서 별빛 터지는 소리가 들린다.

별이 반짝이는 밤하늘은 늘 나를 꿈꾸게 한다.

빈센트 반 고흐

별들의 바탕은 어둠이 마땅하다

···

지금 대낮인 사람들은

별들이 보이지 않는다

지금 어둠인 사람들에게만

별들이 보인다

정진규 시인의 '별' 중에서

				별은 어둠의 문을 여는 손잡이		
				별은 어둠의 망토에 달린 단추		
				나희덕의 시 '어둠이 아직' 중에서		

몇 번이나 나는 마음속으로 중얼거렸다.

저 수많은 별 중에서 가장 귀하고 가장 빛나는 별 하나가 길을 잃었노라고.

그리고 그 별은 내 어깨 위에 내려앉아 고이 잠들어 있노라고.

알퐁스 도데 『별』 중에서

깊게 파려면 넓게 파라

"깊게 파려면 넓게 파라."

17세기 철학자 바뤼흐 스피노자(1632~1677)의 명언이다. 과학적 지식과 직관적 체험을 모두 중시한 그는 "나는 깊게 파기 위해 넓게 파기 시작했다"고 자주 말했다. 예나 지금이나 무언가를 깊게 파려면 넓게 파야 한다. 첼리스트 장한나가 '가야금 명인' 황병기로부터 들은 덕담도 "우물을 깊게 파려면 넓게 파라"였다.

어릴 때 어머니에게 들은 말도 생각난다. 어머니는 "어느 구름에 비 들었는지 모른다"는 말을 자주 했는데 일의 결과를 미리 재단하지 말고, 인생을 폭넓게 보라는 뜻이었다. '지혜의 왕' 솔로몬이 "아침에 씨를 뿌리고 저녁에도 손을 거두지 말라. 이것이 잘 될는지, 저것이 잘 될는지, 혹 둘이 다 잘 될는지 알지 못함이니라"고 한 것과 같다.

구름이나 비, 씨앗의 원리는 오묘하다. 같은 씨앗도 싹을 틔우는 속도가 다르다. 비가 많이 와서 햇볕을 못 받으면 웃자라고 약하다. 늦더라도 햇빛과 양분을 제대로 받으면 잘 자라고 튼실하다. 파종하기 전에도 마찬가지다. 밭고랑을 깊이 파되 밭이랑을 넓고 높게 돋워야 한다. 거기에서 될성부른 떡잎이 자란다.

사람은 어떤가. 두 살 때부터 골프를 시작해 최고의 경지에 오른 타이거 우즈는 '조기 영재' 스타일이다. 타고난 재능에다 생후 7개월 때 골프채를 쥐어준 아버지의 열정이 더해졌다. 반면 '테니스 황제' 로저 페더러는 다양한 운동을 폭넓게 접하고 뒤늦게 테니스로 진로를 결정했다. 어릴 때 스키, 레슬링, 수영, 야구, 핸드볼, 탁구, 배드민턴 등을 두루 섭렵한 다음에야 테니스를 택했다. 성공한 선수들은 의외로 페더러 스타일이 더 많다.

베스트셀러 『늦깎이 천재들의 비밀 Range』을 쓴 미국 논픽션 작가 데이비드 엡스타인은 우즈를 '조기 전문화'의 표본, 페더러를 '늦깎이 전문화'의 전형이라고 분석한다. 여기서 늦깎이란 '경험의 폭을 넓힌 덕분에 그만큼 단단해졌다'는 뜻이다.

엡스타인은 조기 교육도 의미 있지만, 자기 적성과 관심을 폭넓게 탐사하는 과정이 더 중요하다고 강조한다. 그는 "성공한 선수들은 1~15세 동안 자기 종목에 쏟은 시간이 의외로 적고 다른 운동을 다양하게 경험했다"며 그 시기를 '샘플링 기간'이라고 표현한다.

빈센트 반 고흐도 자기 화풍을 완성하기까지 숱한 직업을 전전했다. 미술상(商)과 보조교사, 서점 점원, 순회 전도사를 거쳐 32세가 돼서야 미술 아카데미에 들어갔다. 곧 그것마저 그만두고 튜브로 물감을 짜서

바르는 등의 기법을 실험했다. 그의 전 생애가 최고의 화업을 이루기 위한 샘플링 기간이었던 셈이다.

그의 동료 폴 고갱 역시 주식 중개인으로 일하다 35세에 화가가 됐다. 평균수명 40대인 시절로서는 매우 늦은 시기였다. 고흐와 고갱의 오랜 탐색과 경험은 마침내 세계 미술사의 흐름을 바꿔놨다. 늦게나마 자기만의 지향점을 찾아 아무도 가 본 적 없는 길을 개척한 것이다.

레오나르도 다빈치는 예술뿐만 아니라 과학, 수학, 건축학, 해부학, 군사학 분야에서도 놀라운 능력을 발휘했다. 30세 때 밀라노의 공작에게 보낸 자기소개서에서 그는 10번까지 번호를 매겨 자신이 개발한 무기와 군사 장비를 설명했다.

그러면서 "경이로운 성능의 대포와 박격포, 이동하기 쉬운 교량, 포병 진지를 돌파할 덮개전차를 만들겠다"고 제안했다. 예술적인 능력은 마지막 항목에 한 줄 써넣었다. 병기공학자로 고용된 그는 탱크와 투석기, 잠수함 등을 연구하며 설계했고, 이런 경험을 거치면서 걸작 '최후의 만찬'과 '모나리자'를 그렸다.

토머스 에디슨도 수많은 실패를 겪었다. 어릴 때 선생님에게 "뭘 배우기엔 너무 멍청하다"는 소리까지 들었던 그는 한 번의 성공을 위해 1000번 이상의 시도를 거듭했다. 그는 훗날 "난 실패를 만 번 한 것이 아니라 가능하지 않은 것이 무엇인지 만 번 발견했을 뿐"이라고 말했다.

천재 물리학자 알베르트 아인슈타인 역시 네 살이 넘어서야 말을 시작한 늦깎이였다. 청년 시절에는 취리히 폴리테크닉대학의 조수 선발에도 떨어졌다. 이런 험로를 오래 거친 덕분에 노벨 물리학상의 영예를 안았다.

첨단기술이 발달하면서 지식의 반감기가 점점 더 짧아지고 있다. 인공지능(AI)과 로봇이 인간의 역할을 빠르게 대체하고 있다. 이제 우리는 어떤 능력을 갖춰야 하는 걸까. 앞으론 서로 연관이 없어 보이는 영역을 입체적으로 연결하고 그 접점에서 시너지 효과를 올리면서 남다른 상상력을 발휘하는 사람이 필요하다.

'다빈치 네트워크(잠재력 발휘 글로벌 운동)'의 창립자 와카스 아메드는 이 같은 융합인재를 '폴리매스(Polymath)'라고 부른다. 여러 분야를 넘나들며 총체적인 사고와 방법론으로 시대를 이끌어갈 인재라는 의미다.

사람마다 발전 속도가 다르다. 그러니 남과 비교하지 말고 어제의 나와 비교하자. 이르거나 늦거나 간에 내 능력을 키워 노력하는 게 중요하다. 어느 구름에 비가 들었는지, 그 비가 언제 내릴지 알 수 없지만 빗물은 늘 경험 많은 농부의 밭을 먼저 적신다.

조금 늦으면 또 어떤가. 그동안의 실패를 밑천 삼아 다시 시작하면 된다. 그러니 무엇을 하든 '넓게' 파고 '깊이' 파자.

			깊게 파려면 넓게 파라.			
			바뤼흐 스피노자			

아침에 씨를 뿌리고 저녁에도 손을 거두지 말라.

이것이 잘 될는지, 저것이 잘 될는지,

혹 둘이 다 잘 될는지 알지 못함이니라.

솔로몬

난 실패를 만 번 한 것이 아니라

가능하지 않은 것이 무엇인지 만 번 발견했을 뿐이다.

토머스 에디슨

다른 집 계단이 얼마나 가파른지
겪어 봐야 안다

"너는 다른 사람의 빵이 얼마나 짠지, 다른 집 계단을 오르내리는 것이 얼마나 힘든 일인지 체험하게 될 것이다."

단테(1265~1321)의 『신곡』에 나오는 구절이다. 『신곡』은 단테가 고대 로마 시인 베르길리우스와 어릴 때부터 짝사랑했던 베아트리체의 인도로 사후세계인 지옥, 연옥, 천국을 여행하는 내용의 대서사시다. 43세 때인 1308년부터 쓰기 시작해 죽기 1년 전인 1320년에 완성했다.

단테가 『신곡』을 쓰게 된 것은 첫사랑 베아트리체에 대한 그리움 때문이었다. 부유한 집안 딸이었던 베아트리체는 단테의 간절한 바람에도 불구하고 아버지의 강요로 돈 많은 상인에게 시집을 가고 말았다. 그리고 스물네 살에 꽃다운 생을 마감했다.

몇 년 전, 이탈리아에 갔을 때였다. 볼로냐 시내 한가운데의 마조레 광장을 찾았다. 산 페트로니오 성당과 델 포데스타 궁전이 있는 곳이다. 그 곁에 커다란 탑이 두 개 서 있는데, 둘 중 하나는 피사의 사탑처럼 기울어져 있다. 기울어진 탑 뒤편에서 단테의 글귀를 발견했다. 볼로냐 도서전에 들렀다가 700년 전의 단테를 만났으니 무척이나 반가웠다.

단테는 피렌체 태생이지만 볼로냐 대학에서 많은 지식과 영감을 얻었다. 볼로냐 대학은 세계에서 가장 오래된 대학으로 역사가 900년이 넘는다. 그가 들렀을 만한 장소와 그가 어루만졌을 기둥들을 쓰다듬으면서 탑의 글귀를 따라 시간여행을 떠나고 싶어졌다.

그래서 다음날 단테의 생가가 있는 피렌체로 달려갔다. 생가는 피렌체의 두오모 광장 바로 옆에 있었다. 이 오래된 석조건물은 단테가 베아트리체를 평생 잊지 못하고 밤마다 시를 쓰면서 슬픔을 달래던 곳이다.

단테는 르네상스 시대의 화려함 속에 감춰진 인간의 교만과 방종을 누구보다 안타까워했다. 특히 교회의 세속화와 황금만능주의를 강도 높게 비판했다. 그래서 대성당을 지척에 두고도 골목에 있는 작은 교회에 다녔다. 돈만 밝히는 상인들을 탐탁찮게 여기던 그가 사랑하는 베아트리체를 '수전노'에게 빼앗겼으니 얼마나 비통했을까. 그 아픔을 속으로 삭여 올올이 엮어낸 것이 바로 『신곡』이다.

단테와 베아트리체의 삶에는 아홉이라는 숫자가 여러 가지로 연관돼 있다. 단테가 그녀를 처음 만난 것이 아홉 살 때였고, 우연히 길에서 다시 만난 게 9년 뒤였다. 그녀의 정중한 인사를 받고 지극한 행복을 느낀 그는 이후 영원한 여성상으로 그녀를 마음속에 품었다.

『신곡』도 99개의 칸토(곡)와 서곡 1개로 이뤄져 있다. 단테는 작품 속에서 그녀를 아홉 번째 달 아홉 번째 날에 죽은 것으로 묘사했다. 가장 크고 완벽한 숫자인 9로 사랑의 아픔을 승화시켰으니 이 또한 놀랍다. 그에게 9는 '경이로운 삼위일체'의 이상적인 가치를 의미하는 것이었다.

사랑이란 이렇게 한 사람의 생애를 온전히 사로잡고 삶의 의미까지 바꾸는 것일까. 육신의 죽음 후에 더욱 밝게 빛나는 영혼의 생명력, 700년 뒤에도 여전히 심장을 뜨겁게 만드는 에너지. 사랑의 숫자 9로 불멸의 역작을 완성한 단테에게서 열정(시)과 이성(철학)의 씨줄 날줄이 얼마나 아름답게 직조되는지를 새삼 발견하게 된다.

피렌체 시내를 가로지르는 아르노강의 물결처럼 세월이 흘러도 변하지 않는 그것. 아흔아홉 굽이를 돌아 마침내 위대한 작품으로 솟아오른 부활의 힘. 다른 사람들의 '눈물 젖은 빵'과 '가파른 계단'을 잊지 말라는 그의 가르침은 지금도 우리를 겸허하게 만든다.

단테의 경우처럼 우리 인생의 탑에 새겨질 문구는 어떤 것일까. 그리고 우리 생에 영원히 새겨질 의미 있는 숫자는 무엇일까.

너는 다른 사람의 빵이 얼마나 짠지, 다른 집 계단을 오르내리는 것이

얼마나 힘든 일인지 체험하게 될 것이다.

단테의 『신곡』 중에서

누구도 한꺼번에
두 켤레의 신발을 신을 수는 없다

"돈은 매력적이지만, 그 누구도 한꺼번에 두 켤레의 신발을 신을 수는 없다."

'기부왕'으로 유명한 미국 기업가 척 피니(1931~2023)의 명언이다. 그는 성공한 기업가였지만 집도 차도 없는 '가난뱅이'였다. 시계도 몇만 원짜리를 차고 다니고 밥도 허름한 식당에서 먹었다. 그러면서도 25년간 4조 원이 넘는 돈을 남몰래 기부했다.

그는 오른손이 한 일을 왼손이 모르게 한 '숨은 억만장자'였다. 미국과 아일랜드, 베트남, 태국, 남아공, 쿠바 등 세계 곳곳의 질병 퇴치와 교육·인권을 위해 거액을 기부했지만 '비밀엄수'라는 조건을 달았다.

그의 어린 시절은 정말 가난했다. 아일랜드계 노동자 가정에서 태어난 그는 어릴 때부터 우산 장수, 카드 판매, 골프장 캐디 등 온갖 아르바이트를 다 하며 자랐다. 사회에 나와서도 고생의 연속이었다. 그러다 1950년대 지중해 항구에서 미국 선원들에게 면세 술을 파는 일을 계기로 돈을 벌었고, 마침내 세계적인 소매 면세점 듀티프리쇼퍼스(DFS)를 창업해 '면세점 신화'의 주인공이 됐다.

엄청난 돈을 모은 그는 1984년 자선재단을 세웠고, 부인과 자녀 몫으로 얼마간의 돈만 남기고는 재산을 모두 사회에 환원했다. '부자란 과시나 허영을 멀리하며 검소하고 소박한 삶의 모범을 보여야 한다'는 앤드루 카네기의 가르침을 실행하면서 진정한 행복을 실현하기 위해서였다.

"돈은 매력적이지만, 그 누구도 한꺼번에 두 켤레의 신발을 신을 수는 없다"는 그의 깨달음은 그래서 더욱 빛난다. 그는 2020년 전 재산 80억 달러를 기부하고 재단을 해체했다. 그리고 2023년 10월 9일, 92세를 일기로 작은 임대아파트에서 생을 마감했다.

그가 남긴 명언은 한둘이 아니다. "수의(壽衣)에는 주머니가 없다." "부(富)는 다른 사람을 돕는 데 사용해야 한다." "진정으로 누군가를 돕는다는 것은 돈만 내고 끝나는 게 아니다. 그들이 자립할 수 있게 끝까지 책임을 져야 한다." "사람들이 저에게 행복이 무엇이냐고 묻습니다. 저는 다른 사람을 도울 때 행복하고, 돕지 않을 때 불행합니다!"

부자들은 '돈을 벌기보다 쓰기가 더 어렵다'고 말한다. 그의 말마따나 욕심 많은 부자는 남의 곳간을 탐내고, 진정한 부자는 남의 곳간이 가득한 데서 기쁨을 느낀다. 세상엔 부자가 많지만 이처럼 마음마저 풍요로운 부자는 드물다.

이런 그에 대해 빌 게이츠는 "척 피니가 나의 롤모델"이라고 말했고, 워런 버핏은 "척은 나의 영웅이고, 빌 게이츠의 영웅이다. 그는 모두의 영웅이어야 한다"고 했다.

이처럼 남에게 베풀면서 인생의 행복을 실현하는 사람들은 의외로 많다. 트레일러 주차장의 버스 안에서 자라 하버드 의대를 졸업한 후 전 세계의 가난한 지역에서 에이즈와 폐결핵에 맞서 평생을 의료 활동에 바치며 아이티와 르완다에 최초로 공중보건소를 세운 폴 파머 박사, 75년간 세탁소를 운영하며 근근이 모은 15만 달러를 흑인 학생들의 장학금으로 미시시피대학에 기부한 오시올라 매카시, 학생들을 위해 5만 7000제곱미터 크기의 타이거 우즈 학습센터를 세운 골프 황제 타이거 우즈, 어린 양을 우간다의 한 마을에 보내 학생들의 자립을 도운 헤퍼 인터내셔널….

이들 크고 작은 '영웅'들이 결국 세상을 바꾸는 '진짜 부자'들이다. 그러나 많은 사람은 뒤돌아볼 틈도 없이 일상의 아우토반에서 운전대만 꼭 잡고 속도에 집착하고 있다. 그것은 자신에 대한 집착일 뿐만 아니라 남보다 빨리 달리려는 욕심에 지나지 않는다. 척 피니의 기부는 그래서 더욱 빛난다.

돈은 매력적이지만,

그 누구도 한꺼번에 두 켤레의 신발을 신을 수는 없다.

척 피니

부자란 과시나 허영을 멀리하며 검소하고

소박한 삶의 모범을 보여야 한다.

앤드루 카네기

수의(壽衣)에는 주머니가 없다.

척 피니

진정으로 누군가를 돕는다는 것은 돈만 내고 끝나는 게 아니다.

그들이 자립할 수 있게 끝까지 책임을 져야 한다.

척 피니

어둠을 불평하기보다

촛불 하나 켜는 게 낫다

시인 구상(具常 1919~2004)은 시 외에 사회평론도 많이 썼다. 평생 '구도자 시인'이자 기자, 논설위원, 종군작가로 격동의 시대를 증언하면서 산문집을 10권 이상 남겼다. 그중 1960년에 펴낸 수상집 『침언부어(沈言浮語)』에 이런 얘기가 나온다.

그가 국제펜대회에 참가하러 일본에 갔다가 교토에 들렀을 때 일이다. 마침 추석이어서 동포들과 좌담회 겸 저녁 식사를 했다. 그 자리에서 한 중년 신사가 "우리 민족은 한 사람씩 놓고 보면 다 우수한데 합쳐 놓으면 싸움질만 하고 큰일을 못하니 어인 민족 특성이며 결함은 어디 있는지 문인으로서 솔직한 소견을 말해 달라"고 했다.

그는 머뭇거리다가 이렇게 답했다. "얼마 전 유엔한국임시위원단 의장인 크리슈나 메논이 '일본에 진주한 맥아더 장군은 이튿날부터 일본인의 숭앙을 받았고 한국에 진주한 하지 중장은 그날부터 시비(是非)의 초점이 됐는데, 이것으로 보아 한국민은 일본 국민보다 민주주의적인 국민이요, 한국의 민주주의 토대는 일본보다 앞섰다'고 한 것처럼 우리 국민은 시비에 밝은 국민임이 틀림없습니다."

그런 다음 "이 시비 정신의 발동이 소의(小義)와 소아(小我)와 소리(小利)에 너무 치우쳐 대의(大義), 대아(大我), 대리(大利)를 놓치는 경우가 많다"고 지적했다. 대의(大義)는 인간이 마땅히 행해야 할 도리를 말한다. 이에 비해 소의(小義)는 사사로움을 앞세운다.

대아(大我)는 '참된 나', 소아(小我)는 '자기중심적인 나'를 뜻한다. 다른 사람을 긍정적으로 보는 눈을 가지려면 자기밖에 모르는 소아의 경계를 넘어 대아의 세계로 나아가야 한다. 대리(大利)는 그야말로 '큰 이익'이다. 대의를 위해 '작은 이익'을 버리면 손해 볼 것 같지만 오히려 더 큰 결실을 거둘 수 있다. 이를 거꾸로 하는 게 소탐대실(小貪大失)이니, 개인의 삶이나 정치 · 외교에서도 대리(大利)를 망각하고 소리(小利)에 집착하면 대패(大敗)하게 된다.

그런데도 우리는 남 탓 공방에 죽기 살기로 싸운다. 왜 이렇게 남을 정죄하는 사회가 됐을까. 많은 요인이 있지만 그중에서도 수백 년 간 지속된 주자학적 명분 다툼이 가장 큰 듯하다. 이것이 이분법적 흑백 논리와 내 편 아니면 네 편 식의 편가르기, 좌우 이념의 진영논리까지 번졌으니 마치 소국(小局) 속에서 대국(大局)을 그르치는 것과 같다.

구상은 그래서 "우리의 예리한 양심은 항상 남을 저울질하는 데 더 많이 사용함으로써 남의 눈의 티끌은 잘 보면서 자기 눈의 대들보는 못 보는 결과를 초래하는데 진정으로 우리 민족의 특성을 살리는 길은 소의와 소아, 소리를 대의와 대아, 대리에 맞게 키우는 것"이라고 조언했다.

그는 또 우리 국민의 조급성과 감정 편중을 걱정했다. 일본 유학에서 돌아와 기자로 일하던 그가 결핵으로 휴양하다 8·15를 맞았을 때 트럭을 타고 태극기를 흔들며 돌아다니가 들판에서 본 두 장면을 잊을 수 없다고 했다.

하나는 깡마른 중국 사내가 제 나라 승전 소식도 못 들은 듯 밭에다 거름을 주는 광경이었고, 또 하나는 꽃무늬 몸뻬(일바지) 차림의 일본 아낙이 제 나라 패망 소식도 모르는 듯 호미로 김을 매는 풍경이었다. 중국인으로서는 10년 항쟁의 승리자요, 일본인으론 앞날이 캄캄한 패전 국민인데, 이들은 흥분의 도가니와 절망의 수렁에서도 자신의 일에 충실하고 있었던 것이다.

그는 이 장면을 보고 "아직 해방의 정체가 무엇인지 모르면서 온통 흥분에 들떠 있는 우리 국민과 자신의 몰골이 부끄럽기도 하고 한편 섬뜩한 느낌이 들었다"며 "이런 충격적인 기억은 해가 갈수록 확대됐는데 이것은 우리 국민성의 조급함이나 감정 편중이 저들과 대비되어 나타나고 그 장래가 심히 우려되기 때문"이라고 했다. 이후에도 "전후 중국의 야심과 일본의 부흥을 바라볼 때마다 그때 산둥성 호인(胡人)과 일본 여인네의 모습이 복합적으로 떠올라 지워지질 않는다"며 씁쓸해 했다.

이런 조급증과 감정 편중은 소설가 프란츠 카프카의 지적, "현대인이 경계해야 할 것은 '성급'"이라는 말과 통한다. 삶의 성취나 원대한 이상을 달성하기 위해 충분히 준비하고 숙성하는 과정을 무시하면서 성급히 거머쥐려고만 하면 부작용이 생길 수밖에 없다.

요즘의 정치 대립이나 사회 갈등, 분규나 파업, 모리배들의 이권 싸움도 마찬가지다. 내 눈의 들보는 보지도 못하고 모든 걸 남 탓과 사회 탓으로 돌리며 분노하기만 해서는 대의도, 대아도, 대리도 얻지 못한다.

구상의 스승이자 문학 도반인 공초 오상순 시인과 노벨문학상 수상 작가 펄 벅에 얽힌 얘기도 되새길 만하다. 1960년 11월 초, 서울에 온 펄 벅은 명동 서라벌다방에서 철학적인 문답을 즐기던 공초에게 '사슴' 담배 두 갑을 선물하며 한참 동안 선문답을 주고받았다.

그날 감명을 받은 펄 벅은 공초가 펼친 사인북에다 이렇게 썼다. "It is better to light a single candle than to complain of the darkness(어둠을 불평하는 것보다 한 자루의 촛불이라도 켜는 게 낫다)." 6·25 전쟁 후 혼혈아동들을 돌보며 한국식 이름을 박진주(朴眞珠)로 지었던 펄 벅이 가장 좋아하고 또 우리에게 꼭 필요한 말이었다.

이 말은 중국 격언이나 공자의 말로 잘못 알려져 왔는데, 서구에서는 기독교의 가르침 중 하나로 오래전부터 전해져 왔다. 펄 벅뿐만 아니라 프랭클린 D. 루스벨트 미국 대통령의 부인 엘리너 루스벨트가 자주 인용한 말로도 유명하다.

구상은 이 얘기를 전하며 "어느 사회나 모순과 부조리가 있지만, 오히려 그렇기에 저 격언대로 어둡다고 불평만 하지 말고 한 촛불이라도 스스로 켜고 밝히기를 다짐하면서 우리가 지닌 능력의 최선을 발휘해 보자"고 말했다.

이런 정신은 그의 문학적 유지와도 맞닿아 있다. 그는 평생 "말에는 눈에 보이지 않는 언령(言靈)이 있으므로 참된 말만 해야 하고, 글을 쓸 때도 교묘하게 꾸며 쓰는 기어(綺語)의 죄를 범하지 말아야 한다"고 강조했다.

60여 년 전의 『침언부어』를 펼쳐놓고 오늘 나의 말과 글, 소의와 대의, 어둠과 등불의 의미를 다시 한 번 돌아본다.

우리의 예리한 양심은 항상 남을 저울질하는 데 더 많이 사용함으로써

남의 눈의 티끌은 잘 보면서 자기 눈의 대들보는 못 보는 결과를 초래하는데

진정으로 우리 민족의 특성을 살리는 길은 소의와 소아, 소리를

대의와 대아, 대리에 맞게 키우는 것이다.

구상

현대인이 경계해야 할 것은 '성급'이다.

프란츠 카프카

말에는 눈에 보이지 않는 언령(言靈)이 있으므로 참된 말만 해야 하고,

글을 쓸 때도 교묘하게 꾸며 쓰는 기어(綺語)의 죄를 범하지 말아야 한다.

구상

어둠을 불평하는 것보다 한 자루의 촛불이라도 켜는 게 낫다.

펄 벅

명언 필사

발행   초판 1쇄 2024년 12월 9일

지은이   고두현

펴낸이   김영범
펴낸곳   (주)북새통 · 토트출판사
주소   서울시 마포구 월드컵로36길 18 삼라마이다스 902호 (우)03938
대표전화   02-338-0117
팩스   02-338-7160
출판등록   2009년 3월 19일 제 315-2009-000018호

이메일   thothbook@naver.com

ⓒ 고두현, 2024
ISBN 979-11-94175-17-9 03810